花蕾绽放的季节

——婺城特色教育三部曲

李英 汪胜 著

吉林文史出版社

图书在版编目（ＣＩＰ）数据

花蕾绽放的季节 / 李英, 汪胜著. -- 长春：吉林文史出版社, 2017.7
ISBN 978-7-5472-4472-2

Ⅰ.①花… Ⅱ.①李… ②汪… Ⅲ.①纪实文学－作品集－中国－当代 Ⅳ.①I25

中国版本图书馆 CIP 数据核字(2017)第 130690 号

书　　名：花蕾绽放的季节
著　　者：李英, 汪胜
责任编辑：钟杉　陈昊
选题策划：丁瑞　李丽
出版发行：吉林文史出版社
印　　刷：廊坊市鸿煊印刷有限公司
版　　次：2018 年 1 月第 1 版
　　　　　2018 年 1 月第 1 次印刷
开　　本：880×1230　　1/32　　印张：6
字　　数：180 千字
定　　价：28.00 元

地　　址：长春市人民大街 4646 号
电　　话：0431—86037451（发行部）
网　　址：www.jlws.com.cn

目　录

与孩子们分享（序一）

蒋 风

　　我经常思考，作为儿童文学工作者，如何面对新形势下新问题对儿童文学的挑战？儿童文学怎样才能卓有成效地帮助儿童成为有理想、有道德、有教养的新人类，发挥它独特的作用？这是我一直思考的问题。

　　在提倡文学创作题材多样化的今天，作家的创作既可以是诗歌，也可以是小说，还可以是戏剧……但我认为，对少年儿童最直接产生作用的，应该是报告文学，报告文学是用真实的素材进行创作，没有虚构，作家以纪实手法创作的作品，可以直观地让少年儿童受到心灵的启迪。

　　由浙江作家李英、汪胜创作的长篇报告文学《花蕾绽放的季节》，读后让我眼前一亮，因为这正是以纪实的写作手法关注少年儿童成长的一部作品，是一部适合孩子阅读的作品。

婺城在浙江省是个教育强区，学在婺城教育品牌蛮声内外。婺剧、足球、阅读都是婺城特色教育的生动成果。李英和汪胜创作的《花蕾绽放的季节》这部作品，由《梅花朵朵开》《留守儿童的"世界杯"》《一径书香润成长》三部分组成，分别选取了婺城区具有特色教育典型意义的东市街小学、箬阳小学、雅畈小学为写作案例，以纪实的手法和抒情的笔触，展示婺剧、足球、阅读在婺城特色教育之路上的生动实践。

东市街小学是一所见证金华城市变迁的学校，在没有专业装备更没有什么名师指导的情况下，先后七次走进央视，2015年，该校选送的节目《十八棵青松》，从全省22个节目中脱颖而出，代表金华婺城区参加了浙江省中小学婺剧进校园精品演出……

李英、汪胜以学校的婺剧教学为写作素材，创作了《梅花朵朵开》，通过深入、细致、独到的采访，以饱含深情的文笔，浓墨重彩地描述了该校"婺剧进校园"的活动纪事。作品中我们看到：婺剧是金华地区的一朵奇葩，历经五百多年，仍然活跃在婺州大地上。婺剧进校园，为传统戏剧的传承和发展打下了很好的基础，在全国创造了很好的典范。走出一条文化传承的新路子。作品情节感人肺腑，语言精彩动人，读来催人奋进，是一篇弘扬时代主旋律、传递社会正能量的优秀作品。值得点赞的是，2016年，《时代报告·中国报告文学》杂志第四期全文刊发了《梅花朵朵开》，在全国范围推介学校婺剧教学的独特魅力。

箬阳小学作为金华所有学校中一个特殊而传奇般的存在，组建了一支高山足球队，由 2011 年区里八支球队比赛的第七名，到 2015 年浙江省"希望杯"校园足球总决赛的冠军。2015 年暑假，高山足球队又获得全国足球夏令营北京赛区的一等奖。该校以足球为载体，关爱大山深处留守儿童的身心，为他们开辟了一条光明的出山之路。2015 年，北京日报纪实文学整版刊登了《留守儿童的"世界杯"》宣传推介婺城箬阳小学的足球特色教育。

雅畈小学是浙江省第一轮"书香校园工程"的受益学校，作为一所以"促进人的发展"为教育根本的学校，雅畈小学在探索书香校园建设的道路上，一直推行、实践、坚持"书香校园"建设，十多年来，他们迈出的每一步都是那么铿锵有力，学校不仅有自己的书法特色教育，而且组织老师们一起编辑了阅读教材《红领巾读家乡》。

他们取得了非常显赫的成绩：学校被评为"婺城区书香校园"，学校三个班被评为国家级"书香班级"，三位同学的家庭被授予国家级"书香家庭"。

同时，该校申报的关于读书的课题《"三馆互动"促进书香校园建设的实践研究》获得省级三等奖；2012 年10 月，在书香校园的基础上，该校又进一步拓展，课题

《红领巾读家乡——拓展少先队文化活动基地的实践研究》在国家级少先队十二五规划课题评比中获一等奖。

在书香校园的建设中，我也曾走进雅畈小学，和孩子们面对面，分享阅读的故事。

李英是一位有自己理想和追求的报告文学作家。汪胜既是李英的学生，又是我的非学历儿童文学研究生，是位年轻的作家。两位作家把创作视野扩展到学校特色教育领域，详实记录了学校特色教育发展中的点滴故事，这是值得点赞的。

在这里，我不得不说一句话：文学创作是一项艰苦的精神劳动，美好的前途并不属于那些犹豫不决的人，而是属于那些一旦决定之后，就不屈不挠不达目的誓不罢休的人。我期待本书的作者能够勇攀高峰，创作出更多更美的优秀作品来。

（作者系著名儿童文学理论家，国际格林奖获得者，原浙江师范大学校长，教授）

婺城特色教育的生动实践（序二）

李　刚

近年来，婺城区始终将"推进均衡发展，维护教育公平"作为落实教育优先发展地位、实现教育事业跨越式发展的核心理念，通过形成"三个明确"，落实"三个优先"，实现"三个覆盖"，贯彻"五个保障"的"3335工程"，稳步推进区域教育的优质均衡发展。

特色教育是婺城均衡发展的一大亮点，通过特色教育，婺城形成了轻负高质的良好态势。"一校一品"教育特色激活了婺城教育的文化磁场。

读完李英、汪胜两位作家创作的《花蕾绽放的季节》，我的心灵为之震撼，两位作家立足婺城特色教育的实际，把目光聚焦到婺城区具有代表性的东市街小学、箬阳小学和雅畈小学。曾经，这三所学校都是婺城区的薄弱学校，基础设施差、师资力量薄弱、学生素质不高……客观存在的问题让这三所学校的发展举步维艰。

然而，面对困难，三所学校的几任校长在探索特色教育的路上，都做出了不平凡的成绩。东市街小学的婺剧七进央视，雅畈小学的孩子们收获着阅读的快乐。

特别值得点赞的是，箬阳小学作为金华所有学校中一个特殊而传奇般的存在，组建了一支高山足球队，高山足球队由 2011 年区里八支球队比赛的第七名，到 2015 年全省小学生足球比赛的冠军，全国足球夏令营北京赛区的一等奖，并成功挺进浙江省美德少年二十强。2014 年 7 月世界杯期间，中央电视台邀请陈伟健和李国豪两位同学参加央视的《豪门盛宴》。现今，箬阳小学的多名球员入选杭州青年队、浙江绿城足球队预备队。山村孩子出色的表现受到了中超劲旅恒大、绿城足球队的关注。这支由留守儿童组成的少年足球队创造了一个又一个奇迹……

婺剧、足球、阅读都生动展现了婺城特色教育的成果。这三所学校的特色教育，是婺城特色教育的缩影。

目前，婺城区已有省市级体育、艺术特色学校 34 所，婺城教育取得了丰硕的成果，先后被评为"省级课程改革实验区"、"浙江省教育强区"、"省中小学生课外文体活动工程示范区"、"省教育科学和谐发展业绩考核优秀单位"等荣誉称号。2014 年，婺城区顺利通过全国义务教育均衡区国家级督导评估。

李英、汪胜两位作家创作的《花蕾绽放的季节》，以纪实的手法和抒情的笔触，展示婺剧、足球、阅读在婺城特色教育之路上的生动实践，推介婺城特色教育的好经验、好做法。作品很好地体现了时代精神，唱响了婺城教育时代主旋律，弘扬社会正能量。我们期待着有更多的作家关注教育事业，不断涌现更多更好的作品。

（作者系浙江省金华市婺城区教育局局长）

梅花朵朵开

——浙江金华东市街小学"婺剧进校园"活动纪事

引　言

由中宣部和文化部共同主办的 2016 年新年戏曲晚会在流光溢彩的国家大剧院举行。党和国家领导人习近平、李克强、张德江、俞正声、刘云山、王岐山、张高丽，在京中共中央政治局委员、中央书记处书记、全国人大常委会部分领导同志、国务委员、全国政协部分领导同志，有关部门负责同志等出席并观看演出，喜迎新年。

被周恩来总理誉为《天下第一桥》的婺剧《断桥》选段亮相本次晚会，这是今年央视戏曲晚会上演出时间最长的地方剧种节目，也是本届晚会全省唯一入选节目，更是婺剧首次入选央视新年戏曲晚会。

2016 年，央视猴年春节联欢晚会上，婺剧经过层层筛选，从全国众多地方戏曲中脱颖而出，成为最终入选猴年春晚戏曲联唱《戏游花果山》的六个剧种之一。

当《姐妹易嫁》选段《树上喜鹊叫喳喳》在春节联欢

晚会上唱响后，婺剧，这一拥有 500 多年历史的地方剧种，再次成为人们关注的焦点。

随着国家对地方戏曲文化的重视，近年来，浙江省"婺剧进校园"现象被教育界、文化界广泛关注。金华市早在 2008 年就启动了"婺剧进校园"活动，"婺娃娃"们清婉的唱腔、婀娜的身段成了校园里一道独特的风景。

戏曲传承，关键要从娃娃抓起。让我们走进浙江中部金华城东的一所学校，这是一所见证城市变迁的学校，没有专业装备更没有什么名师的指导。但就是这样一所学校，先后七次走进央视，2015 年，东市街小学选送的节目《十八棵青松》，从全省 22 个节目中脱颖而出，代表金华婺城区参加了浙江省中小学婺剧进校园精品演出，在那里，孩子们和全省观众一起，共同追寻心中的婺剧梦……

他们的成长离不开校长贾秀军等教师的培育，他们的成长给教育界、文化界以及自强不息的学子们以启发和借鉴。

笔者所要讲述的故事，是一朵朵"小小梅花"和他们老师的故事。

第一章　与婺剧结缘的校长们

"厚脸皮"校长陈轶材

　　金华，我们所居住的城市，历史上就是一座文化古城，它坐落在浙江中部偏西的位置，公元 907 年，我国历史进入五代十国时期，吴越王钱镠就在这里修筑了厚实的城墙，时称婺州。

　　对金华人而言，最值得骄傲的，是它的悠久历史文化。在这片婺州大地上，自古以来出现过许多杰出的人物，创造了灿烂的文化。在金华原旧府学西，有一座元畅楼，却颇具特色，南北朝时期的南齐隆昌元年（公元 494 年）时，文学家沈约为东阳太守，曾在此题《八咏楼》，后人因而改为八咏楼。

　　600 年后，宋代著名词人李清照丧父未几，为避战乱而来金华客居，也写下了《题八咏楼》："千古风流八咏楼，江山留与后人愁。水通南国三千里，气压江城十四州。"李清照用气势恢宏的诗句赞颂了八咏楼。八咏楼巍然壮丽，千百年来为世人所赞颂。

随着城市化进程的加快推进，金华城变得更大更美更宜居。

每当夜幕降临，行走在古老的古子城，漫步在婺江边，看到的是金华文化古城的无限魅力，古色古香的文化古街区，气势恢宏的中国婺剧院，繁华的万达商务广场……

然而，就在这繁华的古街区旁，却遗留着一块"城市伤疤"。东市街小学便坐落在这里。一目了然的两幢教学楼，一个小小的操场，说是操场，其实只不过是一小块活动场地……这就是东市街小学的全部。曾经，这是金华最繁荣的学校，时代的发展，城市的改造、变迁，这所学校在人们的记忆里渐渐远去。

全校共有366名学生，差不多有三分之二是外来务工人员的孩子，有一年，学校一个年级只有7个孩子。学生素质的参差不齐，他们普遍感情脆弱，加之家庭教育缺失，孩子们基本是"放养"，逃学、打架、不认真听课……这些问题都影响着孩子的健康成长。

以狭小、基础设施差、生源严重不足等为标志而存在的东市街小学，也与周边的金师附小、环城小学等金华名校形成了强烈的反差……

因为小，这个学校无法正常开展课外活动；因为小，这里的老师办公都在班级进行；因为小，一大批热爱体育的孩子不得不放弃自己的爱好……这一系列的现实问题，使这所学校迈出的每一步都是如此困难。

如何激发孩子们的学习兴趣，通过怎样的载体让孩子们充满阳光、自信？时任东市街小学校长的陈轶材，想到了吸引孩子们的婺剧。

对婺剧的热爱，让陈轶材觉得，可以在学校尝试婺剧教学。婺剧是金华地区的一朵艺术奇葩，历经五百多年，仍然活跃在婺州大地上。它比越剧、京剧的历史都长，著名京剧大师梅兰芳曾经说过这样的话——婺剧是京剧的祖宗，徽戏的正宗，南戏的活化石。婺剧被一些业内人士称为是最优美的戏剧，已经列入国家非物质文化遗产的保护范围。作为婺剧的主要发展地，金华人有必要去了解它。让孩子们接触并学习婺剧，是一种文化的浸润，能够促进他们在审美能力、意志品质等方面的发展。

一开始，学校只是抱着试试看的态度，孩子们不爱学习，开设孩子们相对陌生的课程，会吸引孩子们的注意力。但是，孩子们对婺剧表现出了难得的热情，第一次听音乐老师上婺剧课，他们就被这门好玩的课吸引了。孩子们表现出的浓厚兴趣，让陈轶材心头一热。

开展婺剧教学的初衷很简单，就是通过婺剧，让孩子们热爱学习，学会学习。

就这样，2003 年，在没有任何设备的情况下，陈轶材带领学校老师率先自发地将婺剧引进课堂。

同时，东市街小学的婺剧兴趣班成立了。

在陈轶材的努力下，不久后，东市街小学的第一个婺剧节目《拾玉镯》到金华人民广场进行了公开演出。很多市民看到三个妆扮好的孩子，都特别的感兴趣。确实，当时会演婺剧的孩子少之又少。他们的表演获得了极大的成功。表演结束后，还引来了很多围观市民要求合影留念。

从此，小娃娃们从婺剧的基础训练、身段等基本功开始，慢慢学习一些易唱的经典婺剧选段。潜移默化中，让孩子们感受婺剧的独特魅力。

东市街小学的小戏迷们

"婺剧迷"校长庄正标

2007 年 8 月,庄正标接受组织的安排来到东市街小学任校长。

这一年,是东市街小学最困难的一年,因为城市拆迁等原因,东市街小学的学区内生源严重外流,大家都希望把子女送到其他名校就读,这所学校面临着办不下去的危险。但是,作为校长,他每天都在思考,如何才能让这所学校办下去,寻找东市街小学有什么特色资源。

庄正标觉得,东市街小学婺剧教学开展了几年,也有了一定基础,如何让婺剧教学散发魅力,吸引更多外来孩子来学校就读,让学区内生源回流,学校才可以重新站起来。

　　土生土长的金华人，婺剧一直伴随着庄正标的成长。小时候，农村里，尽管闭塞，可是住在农村的人，却时常可以看到戏。

　　在金华演出的，有两个戏曲剧种：昆剧和婺剧。昆剧源于江苏昆山，此地演唱的乃是它在衢州、金华的一个支派，故称"金华昆腔"；婺剧流行于金华、丽水一带，旧称"金华戏"，其声腔有高腔、昆曲、乱弹、徽戏、滩簧、时调六种，所以当地人又称之为"徽戏"。昆剧古老，唱词雅致，庙宇"开光"，或是戏院开张，都先演昆剧，以示高雅与隆重；婺剧博收广采，通俗易懂，为民众所欢迎。

　　少年时期的庄正标，就经常跟着大人一起看戏，也许不是真的喜欢，是好奇心驱使让他凑热闹。一到做戏，就特别热闹。戏台下面全是卖零食的小贩，有吹糖人的，捏面人的，卖糖果炒货的……这些都是吸引小孩子的去处。庄正标同许多其他孩子一起，活跃在热闹的人群中。

　　让庄正标想不到的是，童年时期的看戏经历，会和他后来办学校有关联。庄正标来到东市街小学后，感觉特别亲切。看着学校婺剧兴趣班的孩子们有模有样地表演，他心中有说不出的高兴。他认为，戏曲熔铸文学、音乐、舞蹈、美术、武功、杂技于一体，给观众以多方面的艺术享受和文化滋养。

　　他下定决心，要在学校继续开展婺剧教学，婺剧表演不是一个人的事情，这种需要大家协作完成的表演可以很好地培养孩子们的竞争意识和团队意识。让孩子们在刻苦训练中懂得什么是坚持；在激励竞争中明白什么是拼搏。正因如此，庄正标希望通过婺剧教学，让孩子们有梦想、有竞争、有快乐。

就这样，婺剧教学在东市街小学受到了关注，2008年，金华市启动了"婺剧进校园"试点工作，庄正标充分抓住这一契机，让东市街小学成为金华市首个婺剧进校园的试点学校。为了更好地开展婺剧教学，学校还制定和完善了规章制度，以点带面，推动婺剧教学的持续、有效、全面开展。庄正标也在螺丝壳里做起了道场，最终做出了一点点名堂。

作为城市变迁中最薄弱的学校，放在庄正标面前的工作可谓千头万绪，教学质量、教育特色，以及学校对外的形象等等，从哪里抓起呢？

庄正标想，一个民族有民族文化，一个企业有企业文化，一所学校也要有自己的文化，文化是魂，有魂就会有神韵，就有内在力量，否则就是躯壳，有形无神，失去了生命之气息。一定要让东市街小学有神有形地立起来。

每天，庄正标都在思考学校如何把婺剧特色做起来。东市街小学以前是一所老牌学校，它见证了金华城市的变迁，也正因为城市的变迁，让这所学校渐渐被人们遗忘，一定要让孩子们的精神生活有个依托。庄正标暗暗下定决心，要让学校重新焕发生机，成为老牌学校、特色学校。

有了这个想法后，庄正标把婺剧在教师心目中树立起来，让大家形成共识，改变教师们认为的婺剧特色教学与他们没有什么关系的现状。然后，找到方法、载体，把婺剧教学真正落实好。

也是从这个时候开始，东市街小学喊出了"东小小班，非同一般"的口号。当时是因为招不起学生，万般无奈下，庄正标只能选择小小班教学。

思路决定出路，没想到婺剧特色教学让这所倒闭的学校一时名声鹊起。开展婺剧教学的思路和做法得到了学校老师们的响应，大家都觉得，这个校长"不简单"。婺剧是一项新的课程，好看又好玩，而且富有激情和挑战。开展婺剧兴趣教学既可以激发孩子对于学习、对于生活的热情。另一方面，婺剧也能成为老师和学生之间的沟通平台，拉近和孩子们的距离。庄正标的引导让每个老师的心安静下来，而一颗安静的心是做好教育工作的前提。

庄正标认为，只有每个老师达成了共识，肯用心做事，共同把婺剧教学开展好，学校才会有新发展，新提高。

庄正标还带着孩子们到学校周边的农村演出，与以往的比赛不同，孩子们在农村的舞台上，绽放光彩。

由此，东市街小学的婺剧教学轰轰烈烈地展开了。庄正标把学校的办学理念、方针、方略与"婺剧文化"结合了起来。

有人说，理想是丰满的，而现实是骨感的。这句话也成了庄正标开展婺剧教学最真实的写照。如何依托"婺剧"来提升学校内涵？

在很长的时间里，学校的"婺剧特色"只与音乐老师有关，只与参加表演的学生有关。对于更多的老师而言，老师们只知道要排节目了，这已经算得上是对学校婺剧特色教育最大的支持。

同样，对于更多的学生来说，学校的婺剧教育只是经常能看到有几个同学又涂满油彩的妆容，知道他们又要去表演婺剧了，然后是满满的羡慕——羡慕他们漂亮的妆容，羡慕他们可以登上舞台。他们甚至都没有机会看一看这些同学在舞台上的靓影，也不知道他们表演的这一段所述说的内容。

"好看吗？"

"好看！"

"怎么好看？"

十个有九个回答："很漂亮！"

这下，庄正标又觉得，小范围的婺剧教学不能真正成为学校的婺剧特色文化，也是这个时候，学校也尝试着让更多的孩子接触婺剧，组织所有的孩子看一整场婺剧。

在此基础上，学校创立了"阿婆剧社"，作为日常教学训练的基地。"阿婆剧社"成立了，经费问题也随之而来，学校条件差，经费不足，没钱买道具，有时候，为了参加一个婺剧比赛，校长和老师们常常一起亲自动手制作道具；为了节省开支，音乐老师就自己听音乐记谱，自己掏腰包来垫付经费……在那样艰苦的条件下，东市街小学

的婺剧教学硬是开展了起来。值得高兴的是，当婺剧走进
孩子们的内心，让原本调皮捣蛋的孩子有了爱好，孩子们
第一次了解到，原来金华还有这么好听的地方戏曲。

婺剧《十八棵青松》参加浙江省中小学婺剧进校园精品演出

新校长贾秀军的"野心"

2013 年，东市街小学新任校长贾秀军到任。从婺剧社团小范围的教学发展为让每一位孩子零距离接触婺剧，成了她思考的问题。

"婺剧进校园"十多年，东市街小学取得了很多成绩，也让婺剧特色教育成为学校的一张名片。但是，"排几个节目，得几个名次"并不是学校引进婺剧教育的目的。如何突破婺剧教育瓶颈，落脚点究竟在哪里？

贾秀军想，要想真正传承婺剧，不能作秀，而要一步一步走得踏实。刚来这所"巴掌"大的学校时，给贾秀军的第一印象就是整洁干净，学校没有操场，但是，孩子们的足球踢得很棒，在全区的中小学名列前茅；学校没有

"像样"的校舍，但是，校园文化独具特色，处处都是亮点。

冬日的阳光格外温暖，孩子们在教学楼前欢快地嬉闹。孩子们看到有客人来学校，微笑阳光地向客人问好，孩子们都说，校长和老师就像他们的好朋友一样，他们的学习生活非常快乐。

学校活动丰富多彩，欢乐中国节，精彩小演员，亮丽少年行……同学们可高兴了。六年级的许常乐快活地说，她最喜欢的就是学校开展的亮丽少年行系列活动，她觉得可以学到很多知识，出口有礼、行动有礼、见面有礼、就餐有礼……在活动中，他们慢慢成长，成为彬彬有礼的好少年。

在东市街小学校长贾秀军眼里，这些孩子个个充满阳光，笑起来时那么灿烂，因此，在探索研发各个适合小班背景操作的微课程的基础上，贾秀军提出了"礼、智、康、艺、生""东小五艺"的培养目标。她满怀激情，充满欢乐。

人们常说，"人生充满劳绩，但仍诗意地栖居大地上。"而"诗意"的根本，就是对生活的艺术化，在平淡中看到美，发现美。

贾秀军召集老师们座谈讨论，分析学校婺剧教学的现状。

贾秀军认为，融合了声乐、舞蹈等多种形式的婺剧对于孩子们来说，比较容易接受，同时也深受孩子们喜爱。

但是，学校十多年的婺剧教学，以婺剧社团活动为主，以婺剧节目表演为主要成果形式，游离于文化层面，沦为单纯为表演而表演的存在。

"婺剧进校园"，排一个节目，得一个好名次，这样就够了吗？以婺剧为载体对小学生进行传统文化的教育，这样，婺剧进校园活动才会更有生命力。

贾秀军在婺剧教育方面的"野心"远不止于此。她开始思考，如何让所有的孩子参与进来，零距离地接触婺剧。于是，在婺剧社团活动之外，东市街小学开始了新的探索与尝试。以"美术"和"音乐"课程为主线，以学校婺剧特色教育为重要补充，东市街小学形成了独特的艺术教育氛围。

开发婺剧操是第一步，婺剧表演中的一些基本动作，特别适合于锤炼学生的"精、气、神"。因此，学校利用寒暑假休息时间，积极寻找各类资料，虚心向有关婺剧专家请教，与浙江婺剧团的校外辅导老师一起研究，根据婺剧表演的基本功，结合小学生的年龄和身心发展特点，创编出一套适合学生练习，并且能促进身体健康发展的"婺剧体操"。

婺剧体操以婺剧的"手、眼、身、法、步"基本功练习为主线，分为腕部练习、膀部练习、手眼练习等共六节，对婺剧的代表性动作进行了简化，侧重于基本仪态的练习，动作简洁易学，配以婺剧音乐，让学生在举手投足中感受婺剧的魅力。锻炼了身体，改善了孩子们的精神状态，提高了表现能力。

　　同时，学校又将婺剧跟其他学科进行整合，婺剧传统文化教育在各学科中的渗透，就是将婺剧传统文化教学所需要的知识、技能渗透于有关学科的教学之中，营造潜移默化的婺剧传统文化教育环境，各学科形成合力，使婺剧传统文化意识植根于学生心灵深处，引导他们开阔视野，掌握技能。

　　体育课主要使学生掌握体育与保健基础知识，基本技术、技能，实现学生思想品德教育，提高运动技术水平。学校利用体育游戏的方式，选择所需的婺剧知识或技能渗透到体育课的教学环节中，将婺剧与体育技能相结合，既可以提高学生的运动技术水平，又可以快乐地学到或者巩固婺剧的知识。体育课中的婺剧知识的渗透，常常采用游戏道具的方式，学生们在游戏过程中，不仅在跑步技能上得到了锻炼，同时也巩固了婺剧行当方面的知识。

　　婺剧作为集大成者，其中就包含了对演唱方面的要求。不管你属于何种演唱方式，都有共通的地方。学校又借用戏曲艺术精神之"圆"来帮助学生掌握歌唱的方法。不仅体现于形体表演的层面，同时也包括唱、念的一种技巧。婺剧的念白、唱腔都要求字正腔圆，细到一个字从字头到字尾的变化。在音乐课的教唱环节中，切入合适的婺剧唱段或念白，同时渗透婺剧的演唱方式，如婺剧《僧尼会》中的念白："黄莺枝头啼声高，蜜蜂恋花花朵摇，万紫千红春光好，缀得江山更多娇。"这首诗意思虽然浅显却不失其韵味，而且很能表现小尼姑顺利逃下山来那份窃喜的欢愉及调皮之情。其中借景抒情的含义及对人物的把握，除了借由老师的讲解之外，学生们还可以通过她们对春天的认识和反复地揣摩来体会诗中的意蕴进而掌握整体。

在《爱祖国》一单元中的编创与活动环节，授课老师加入了改编后的《小二簧》，歌词贴近单元主题，曲调通俗易唱，学生们根据其内容还配上了动作，效果很好。根据学生认知水平挑选的婺剧知识与技能渗透到音乐课中，不仅改变了单一的教学模式，激发了学生对音乐课的兴趣，而且学生更易接受，且愿意参与婺剧的表演，在潜移默化中也传承了婺剧传统文化。

婺剧与美术的整合，带给孩子们的欢乐是最多的。脸谱是戏曲演员为显示人物性格和身份在脸面上进行图案化化妆的一系列谱式。婺剧脸谱古老丰富，风格独特，其色泽浓厚、线条粗略，具有图案化、性格化、寓意化等特点。而脸谱绘画则是从美术的角度切入婺剧艺术，引导学生从美学的视角审视婺剧艺术，挖掘婺剧艺术的文化内涵，培养学生的民族文化意识和情感，提高学生的审美能力。

东市街小学通过文化采风活动，把美术与婺剧的相关内容有机融合，收集与整理"婺剧脸谱"，作为供学生参考的素材，并亲自进行课堂实践。这种别开生面的"婺剧戏装我来画之小生妆面"的美术课，让孩子们了解了戏曲妆面的特殊意义，讲解了"小生"妆面的基本勾画步骤，在老师的精心指导下，课堂上弥漫着油彩的淡淡馨香，孩子们近距离地感受了婺剧独特的魅力。

婺剧服饰花样繁多，图案精美、色彩鲜艳、对比强烈、材质考究、做工精细，这么精美的服饰，如果通过美术的手法剪贴出一件件精美的婺剧服饰，学生们一定非常喜欢。出于这样的想法，东市街小学的美术老师专门请教了"婺剧戏服"的传承人——徐裕国老先生。70岁的金华艺人徐裕国是浙江省非物质文化遗产"婺剧戏服"的传承人。从20岁与婺剧结缘，他一直把婺剧文化看得比自己的生命还重。在他手上，有一套国内保存最完整的婺剧戏服图谱资料，那是当年他冒着生命危险抢救下来的。老先生听说东市街小学学生要用花边剪贴的方式制作婺剧服饰，很是高兴，有了徐老先生的亲手指导，学生们热情高涨。两周后，四套婺剧传统戏服终于出炉了，分别是：黄蟒、宫装、男铠甲和女铠甲。其黄蟒（龙袍）以威武的正盘龙为主，特别扩大了正盘龙的龙头，有波浪附衬，龙气十足；铠甲是扮演武将的演员穿用，图版设计十分豪华威武……每套服饰色彩鲜艳，图案繁茂，做工精细。这些戏服完好地保存在学校的道具室。每当学校有客人来访，都会去婺剧道具室参观。

婺剧与美术课的整合，孩子们既了解了婺剧的艺术特点，感受其独特的美学思想，又掌握了美术绘画的技巧，因此受到学生的喜爱。

　　同时，婺剧还在数学课、英语课、中队活动、地方课中渗透，也因此，东市街小学校进行了更深层次的探索，申报了省级课题《基于婺剧载体的小学传统文化教育实践与研究》，并成功立项。

　　浙师大继续教育学院院长张振新提出，诚然，婺剧之美，主要通过表演的形式来呈现。但这种方式下，参与者只能是少部分社团里的孩子，受益的也只是这部分孩子。而且，这种传承方式所涉及的内容也极为浅表。真正的婺剧进校园，应该是面向每一个孩子，让每一个孩子能够从中受益。我们应该突破单一的推广模式，让婺剧深深扎根于传统文化的土壤之中。如此，枝繁叶茂之景可待。

　　婺剧与各个学科的整合，东市街小学又开展了婺剧节活动。以婺剧为载体，对小学生进行传统文化教育的校本课程体系建构，深入挖掘了婺剧的精髓，使婺剧教育的容量大大增加。东市街小学的孩子们乐了。东市街小学的婺剧特色教育也走上了系统、正规的道路。

第二章　孩子们的婺剧梦

铁杆戏迷教婺剧

　　音乐教师梅映是一名铁杆戏迷，父亲和母亲都热爱婺剧。父亲是一个音乐迷，当过兵，转业后，曾在永康婺剧团做后台工作。退休了，回家乡唐先镇组建了一支民间乐队，除了写字、爬山，就是整天捣鼓各种乐器。二胡、唢呐、笛子……什么都会，什么都喜欢。母亲也与音乐有关，是一名小学音乐教师。全家聚在一起，吹拉弹唱，样样拿得出手，宛若一个小型乐队。

　　兴趣是最好的老师。在这样拥有着浓厚音乐氛围的家庭环境中，激发起了梅映对音乐的兴趣。为了培养女儿，父亲利用一切机会来增加她的自信心。有机会，就让她唱。那时人小，梅映说唱就唱。不管人多人少，什么样板戏、《红梅赞》，张口就来。父亲利用一切机会，让梅映增加舞台表演的经验。在梅映的心里，父亲是自己最好的音乐启蒙老师。

大学毕业后，梅映到了东市街小学任专职音乐老师。2002年，在一次金华市教师才艺展示中成就了她的"婺剧梦"，她表演的婺剧《辕门斩子》——《我祖上本也是簪缨之家》片段获得了金华市二等奖，由此，她与婺剧结下了"情缘"。

伴随"好学、苦练、拼搏"和"幸运、成功、荣誉"，梅映一直在婺剧的舞台上施展自己的才华。

2003年9月，出于让学生们接触地方戏的尝试，在陈铁材的带领下，她首次把婺剧引进课堂，成为婺剧进校园的先行者，开始了一系列的婺剧教学活动，在她的倡议下，东市街小学一个拥有30多名学生的婺剧兴趣班成立了。兴趣班在每周三的"体育艺术2＋1"中进行，每次保证一个小时的课时。

梅映先是让学生们欣赏一些婺剧片段，传授一些婺剧基本知识，运用自己摸索的"口传心授结合视唱法"让学生渐渐了解婺剧，在此基础上，筛选出好苗子进入兴趣班，进行全面的教学与练习。

形象、嗓音、表演和音乐天赋都是对婺剧兴趣班孩子的苛刻要求，梅映认为，一个孩子要成为一名优秀的小演员，舞台和观众对他的要求是苛刻的，婺剧演员也超过了对影视演员、歌唱演员、舞蹈演员等的要求。

因此，她对婺剧兴趣班的孩子们特别严格。婺剧的排练是个非常辛苦的过程，一板一眼，每个动作都要追求完美、到位，不能有丝毫马虎，一个动作没练好就要重复练习，不管多累也不能松懈。梅映的练习方式和认真执著的态度，直接影响了学生的学习态度。久而久之，学生们会很自觉地把学婺剧的这种态度带到学习中去，养成良好的习惯。

用钢琴伴奏练习也是梅映琢磨出的办法，她在教学中发现，用钢琴伴奏，孩子们唱音特别准。特别是碰上高音，她都用钢琴伴奏。其实用钢琴伴奏也是没办法的办法，在婺剧团有强大的后台伴奏，可是一个小学的婺剧兴趣班受条件限制，要做到这些有些难。况且学生在练唱的时候跟着伴奏带只能唱一遍，还没听清楚怎么唱，伴奏带就已经结束了。梅映用钢琴伴奏，可以一个字一个字地教授。教唱的时候，她就三个字三个字教，甚至一个字一个字教，因为戏曲的特点是拖音很长，虽然是三个字，要学会也很不容易。"

在梅映看来，成长是一个浸透着汗水和泪水的词，甜蜜而又苦涩。一段时间的训练，梅映发现，孩子们的状态有了明显改变。一些原本很调皮的孩子，自从参加了婺剧兴趣班，自信心提高了，与其他同学也越来越融洽。

让梅映特别感动的是，对于教授婺剧，学校领导和老师们纷纷伸出援手表示支持，连附近的婺剧团听说东市街小学的孩子学婺剧后，也伸出援助之手。与婺剧团沟通后，兴趣班的学生能"面对面"与"浙婺"的演员见面，到排练现场观摩他们的排练过程。虽然辛苦、劳累，但孩子们看到那些英姿飒爽的各种婺剧扮相后，一个个眼睛都发光了，也更加向往学习婺剧。2003年9月，在婺城区文艺会演上，该校学生表演的婺剧折子戏《拾玉镯》得了二等奖。

更让梅映感动的是，她的坚守和耐心，感染了一批家长，他们由起初的不理解，变成了配合、支持。甚至，他们会反过来感动老师。

在东市街小学，就有这样一位永远不会毕业的家长，她是省婺剧团的国家二级演员吴淑娟。

2003年，吴淑娟的儿子在东市街小学读书，当时梅映刚刚启动婺剧教学，在排戏、化妆等方面遇到困难，经常向吴淑娟求助。身为该校的学生家长，吴淑娟尽管忙碌，但没有推辞。后来，她的儿子从东市街小学毕业，照理说，她可以不理会梅映了，但她依旧有求必应。有次，她从外地演出回来不久，正在睡觉，梅映打电话向她求助，她二话不说就赶到学校了。梅映说，这样的家长让她感动。吴淑娟却说，是梅映让她感动，一个小学老师能自发传承婺剧，她这个婺剧演员能袖手旁观吗？

她笑着说：儿子毕业了，妈妈不会毕业。

学婺剧不仅要学唱腔，还要练身段。梅映依据孩子们不同的年龄段，将婺剧学习分成不同的内容，低年级(1～3年级)以身段表演为主，而高年级(4～6年级)就可以唱念做打均有尝试。

婺剧小演员参加演出合影

走出去的"阿婆剧社"

当婺剧教学在东市街小学轰轰烈烈开展的同时,东市街小学的孩子们已经不再满足于在学校的自娱自乐,他们把目光放在了校外,走出学校、走上舞台成为了他们共同的追求。

2008年,浙江省首届"雏鹰杯"中小学生戏剧展演在浙江儿童艺术中心揭幕,来自全省各地中小学选送的36台戏剧类、戏曲类、曲艺类节目轮番上阵,共同演绎浙江省中小学生的艺术精彩。

首届"雏鹰杯"艺术展演主要以戏剧表演为主,内容涵盖小品、课本剧、校园剧、音乐剧、情景剧等,越剧、评书、说唱、快板等艺术形式的节目也不少,基本上都是学校自编自创的，既富有童趣，又体现当代少年儿童的精神风貌。

东市街小学选送的《三请梨花》荣获浙江省首届雏鹰杯戏曲大赛二等奖，这也是从全省146个节目中选出的唯一一个入围36强的婺剧节目。

这次获奖，让东市街小学找到了自信。当听到获奖消息的那一刻，"小演员"们一个个像鸟笼里放出的小鸟，快活地飞向蓝天。小演员们一个个热情高呼，的确，作为一所几乎被人们遗忘的学校，他们一年到头能走出去比赛的机会并不多，看到自己精心排练的节目能走上舞台，孩子们都欢呼雀跃。这也让庄正标感动不已。他由衷地为孩子们感到高兴。这个荣誉是来之不易的，婺剧教学开展短短几年，孩子们就有如此收获。然而，庄正标知道他们要走的路依然还很长。

俗话说，爱好是最好的老师，孩子们对婺剧表现出了一股热情和追求，东市街小学也开启了追梦的旅程。

2010年，婺城区迎新文艺汇演暨"激情婺城"文化艺术节隆重举办，庄正标觉得，几年的婺剧教学，该是在婺城展示学校实力的时候了，这也是一个难得的机会。

庄正标当时想，只要参赛，多少能拿个名次，于是，借着敢闯敢试的胆子，从报名、定节目到排练，短短三周时间，就参加演出。

出于一种尝试，东市街小学想在唱腔、服饰方面都能有所创新，于是，庄正标和音乐老师一起自编了少儿版

《穆桂英挂帅》。

不出所料，当孩子们从碟片里看到穆桂英穿着大红的大靠(是男女将军专用，绣有甲胄纹样，背上扎四面旗子)，非常威武时，眼睛都亮了。

演出当天，孩子们的精彩演出，博得在场观众一片喝彩，听到如雷的掌声，庄正标和老师们看到孩子们演得很精彩，心里都很感动。说真的，那个帽子戴起来很不舒服，头会有些痛，但孩子们还是有板有眼认真地演出。看到孩子们在台上演，老师们的心嘭嘭嘭地跳得很快。

婺剧小演员参加演出

花香自有蜜蜂来。此后，东市街小学的婺剧教学经各级媒体纷纷报道，2011年，2012年，东市街小学的婺剧小演员两次走进中央电视台《快乐戏园》栏目。孩子们精彩的表演，得到了著名主持人董浩、赵宝乐和中国戏剧家协会研究室主任崔伟的啧啧称赞。

看到婺剧带给孩子们的促进作用如此立竿见影，东市街小学又开启了婺剧特色教学的一系列探索。

婺剧"小戏迷"的成长

在婺城区全面推广婺剧进校园的大背景下，梅映因为婺剧特色教学和出色的工作，调离东市街小学到仙源湖实验学校担任副校长，因此，学校婺剧教学的重担就落在了音乐老师傅毅君身上，傅毅君也爱上了婺剧。每次在课堂上，她一直拿着两根小木棍。木棍的敲击，自始至终伴随着整个唱段。唱段的速度、节奏和重音，都融在了木棍清脆的敲击声中。

有时候，傅毅君一边听磁带，一边摸索，找出独特的婺剧教学方法，面对一个从没上过婺剧课的班级，孩子们最初唱婺剧的感觉和唱歌没有什么区别。"大家和我一起做，精——气——神！"傅毅君拉开架势，调动学生的精神。

而非科班出身的她，学婺剧也经历了一个同样的过程。拜师学艺这是傅毅君的第一步。她先后跟随浙江省昆剧院昆曲表演艺术家李明华老师和浙江婺剧团周跃英老师学习婺剧。

每周，学校都请浙江婺剧团朱云香和周跃英等知名老师来这里给孩子做专业训练。孩子们学，傅毅君也在一旁认真地学，渐渐地找到了门道，她觉得咬字清楚，控制气息，拿出劲，唱出味，就能学好婺剧。

东市街小学的小演员曹嘉仪从一年级就开始接触婺剧，她所饰演的《一对紫燕双双飞》中的金枝，把公主的那点小娇气、小傲气表现得淋漓尽致。有一次，在登台表演时，小演员不小心把话筒摔掉了，结果演唱完全出不了声音，但她却没有表现出丝毫的手忙脚乱，依然很淡定地继续她表演，迈台步，划手势，举手投足间仿佛小意外根本没发生。婺剧名家周跃英直夸小姑娘表现好：一板一眼都很到位了。

五年级开始学习唢呐的蒋恺，经过学校的两年培养，2015年6月考入了婺州艺校，学习婺剧音乐伴奏。

詹隽轩的父母是外来务工人员，一家三口虽不富裕但很幸福，工作之余，最大的爱好就是看婺剧。从小受父母的熏陶，詹隽轩也喜欢哼哼婺剧，并模仿得很逼真。进入东市街小学后，报名参加了"阿婆剧社"。通过学习，先后排了多场节目，其中饰演县官的《过河》获金华市中小学婺剧演唱比赛一等奖，并先后走进中央电视台11戏曲频道和《芝麻开门》栏目。多次受邀参加各级各类比赛和表演，博得了阵阵雷鸣般的掌声。

年复一年的训练，学校发现，孩子们的状态有了明显的改变，以前，孩子们不愿与外界交往，通过婺剧教学，让孩子们变得激情、勇敢。

四年多的时光，詹隽轩也从开始的"淘气包"变成了富有责任感的少年，从对婺剧的懵懂到学校最有经验的婺剧小演员，从第一次比赛的青涩到多次参加婺剧类的比赛并获奖，他正快速地快乐成长……

机会总是留给长期努力的人，并给他们带来希望。东市街小学的婺剧特色教学，给这所默默无闻的小学校带来了知名度，给学生带来了不一样的学习激情，还引起了业内各界的关注。

婺剧小演员在排练

阿婺剧社的"两朵梅花"

婺剧节目的获奖，让孩子们明白，坚持自己的梦想，最终会收获成绩和快乐。精彩的比赛，打动了孩子们的内心。

婺剧丰富了孩子们的业余生活，增强了师生的交流，弥补了社会、家庭教育的缺失。因为有了婺剧，孩子们变了。因为为了实现心中的"婺剧梦"，他们刻苦、拼搏，付出了艰辛和汗水；因为有了婺剧，有了参加校外比赛的机会，大家团结成了一体，互相鼓励。因为有了婺剧，大家自信、阳光、勇敢、坚强！这是一群快乐的婺剧小梅花。

在众多的婺剧小梅花中，王星航和祝嘉瞬是表现最棒的。当王星航还是一个懵懵懂懂、对世界充满好奇的小男孩时，婺剧的缘分就降临到了他的身上。从此，他便与婺剧结下了不解之缘。

一年级时，学校"阿婆剧社"又要面向全校同学选拔招收小演员了，每个班的同学都有机会参加测试。一节音乐课上，傅毅君让班上的小朋友随着音乐自由舞动起来，然后，傅毅君根据每个人的表演来挑选。王星航非常幸运地被老师选上了，成为了东市街小学"阿婆剧社"的一名婺剧小演员。

从此，每天中午，王星航都要参加剧社的培训活动，和伙伴们一起训练基本的指法、唱腔……日复一日，年复一年，一练就是四年，从来没有间断过。

靠着一股子劲，王星航克服了种种困难。有时也会觉得辛苦、枯燥，甚至曾经想放弃过，但他还是坚持了下来。这四年来的训练，让他在无意识之中已经养成了坚持不懈的好习惯。

在训练中，王星航发现，自己可以不断地超越自己，一遍遍地训练，伴着晨露与暖阳，收获快乐和充实。

一开始，老爸还担心儿子太辛苦，怕他吃不消，可他却深深体会到婺剧带来的乐趣，一段时间下来，发现他的体质好起来了，这让他很高兴。王星航爸爸发现儿子正式因为练婺剧渐渐健朗起来，也懂事了起来。

作为一名婺剧小演员，参加演出或比赛是常有的事。俗话说："台上一分钟，台下十年功"。为了演出或比赛能取得好成绩，就必须花大量的时间与精力来排练。有时一练就是一个下午。这样就会落下许多功课，久而久之，就会影响到学习。

王星航就充分利用业余时间，自觉地把落下的功课补上，从不拖欠一次作业，从不落下一个知识点。四年来，他做到了学习和婺剧表演两不误。在班里，他是一个品学兼优的好学生，成绩名列前茅，一直担任班长，年年被评为"五艺好少年"，深得老师同学的喜爱。在剧社，他是一名出色的小演员，曾经参加过《姥姥门前看大戏》、《迎皇妃》、《十八棵青松》等婺剧节目表演。他还是主角，多次荣获一等奖，还多次走进央视。

四年来，经过一次又一次地磨炼，王星航也发生了巨大的变化，原本在舞台上，他总是担心自己会出丑，放不开手脚来演。可现在，他的台风已经得到了金华市婺剧团的专业演员的认可，王星航也成为了学校"阿婆剧社"的主要演员。婺剧让他从一个胆小怕事、爱哭鼻子、内向自卑的小男孩，变成了一个胆大心细、勇敢坚强、阳光自信的小小男子汉了。

2015 年，王星航还被评为"金华市最美学生"。"这都得感谢婺剧，是婺剧让我长大了。如今，婺剧已然成为我生活的一部分。婺剧，就像我的知心朋友一样，将继续陪伴我一路成长。"在颁奖大会上，王星航感言。

婺剧带来的荣誉感，"小梅花"祝嘉瞬也深有体会。舞台上，他是那个蹭蹭蹭跳起来直接劈叉在地，一连来 3

个"踩僵尸",武功了得,吸引全场目光的婺剧少年。

舞台下,他是个父母膝下的宝贝儿子,不愿有一点磕了碰了,更舍不得他吃苦,可是在孩子训练婺剧的态度上,父母的态度一致。今年才9岁的祝嘉瞬学婺剧的过程有些机缘巧合。

还是一年级时,有一天中午,阿婆剧社的小演员们都集合在音乐教室练习,那时,祝嘉瞬没有选上,但是也悄悄跟去了,他坐在教室的一角,聚精会神地看着他们排练,甚至午睡时间也都忘得一干二净,仍在全神贯注地看着,这时,音乐老师傅毅君发现了,问清原因才知道他已经看了很久。而且看得这么认真,就问他:"祝嘉瞬,你喜欢婺剧吗?"

他连忙起身点点头说:"喜欢。"

"你想加入阿婆剧社吗?"

他不假思索地说:"想啊!"

"那你就加入吧!"

因此,祝嘉瞬成为了阿婆剧社的一名小将,他别提有多高兴呢。

每天回到家,他都向父母炫耀,而且很自豪地说,"我要成为一名小演员。"

父母看着他在家哼哼跳跳,还真有模有样。

"喜欢就好好练习,珍惜老师给你的机会,爸爸妈妈都支持你!"

2015年暑假,学校正式进入排练《十八棵青松》,

东市街小学校领导聘请了李俊洋老师给他们排练十五节课，时间紧迫，十月中旬就要参加全省中小学婺剧表演，对于基础并不好的儿子，祝嘉瞬的妈妈时刻提醒他认真对待，认真听，认真学，认真练。每次排练，祝嘉瞬的妈妈一定到场，一边观看，一边鼓励儿子。

祝嘉瞬的进步很快，一板一眼都像模像样，进入阿婆剧社以后，在别人眼中，每天要花上大半天来训练实在是有些烦闷，在祝嘉瞬这，却变成了一件很享受的事。

祝嘉瞬的妈妈惊喜地发现，儿子在悄悄地变着。以前读书，都要催着做作业，现在学婺剧，他却一点都不马虎，唱、念、坐、打一个难关一个难关地攻，如今，他的跟斗越翻越直，越翻越好，有时叫他别翻了，他就当没听到，有一次，参加东阳市的街舞大赛，他还把翻跟斗运用到街舞里，两个跟斗紧跟一个劈叉，现场都惊呆了。儿子如此上进，祝嘉瞬的妈妈特别高兴，平时也极力支持他学婺剧。

对祝嘉瞬而言，观众们的掌声让他兴奋，守在一旁的父母则更让他满足。妈妈是后勤队员，时时刻刻为他服务，爸爸则当起拉拉队员，在一旁微笑着鼓励他，有了他们的支持，祝嘉瞬就别提有多高兴了。

第三章　婺剧之花绽放在校园

开发婺剧教材

当婺剧特色教育走上系统、正规的道路时，贾秀军觉得，开发编写一套婺剧教材，是当务之急。让低年级孩子读婺剧小故事，在有趣的情节中受到道德的教育；让中年级孩子读婺剧小百科，了解与婺剧相关的知识；让高年级孩子从婺剧小韵文中得到文学方面的提升，品味婺剧的音韵美。这样才能让学校的每一个孩子享受婺剧教育的成果。

2014年初，东市街小学教师滕小祎接受了校长下达的一个任务，牵头编写一套与婺剧有关的读本，给孩子们看。

一开始，滕小祎觉得自己脑子里装的婺剧知识少得可怜。慢慢地，滕小祎理清了一个大致的框架：低年级以婺剧小百科为主，融知识性、趣味性于一体，让孩子们在阅读中了解有关婺剧的知识；中年级以婺剧小故事为主，通过婺剧剧目内容的改编，让孩子们从中学会做人做事的道理；高年级以婺剧中的经典唱词选摘为主，统称为"婺剧小韵文"，供孩子们边读边诵边模仿唱腔。

框架得到了有关领导的认可，滕小祎就开始组织学校老师分工协作，找寻资料。开始，她到百度中搜索，去浙江婺剧团的资料室查找，有关文字资料寥寥无几，完全够不成编写一本书的。后来，好不容易从浙江师范大学邓琪瑛女士手中获得了一些婺剧剧目的内容介绍。大家便决定就先从"婺剧小故事"的改编入手。

滕小祎仔细地看着第一篇婺剧剧目内容简介，其中的人物关系复杂，主角特征并不明显，细节介绍几乎没有，语言枯燥乏味。其间还充斥着很多迷信、愚昧的内容。再加上很多剧目已经停演，无法找到视频资料，要想改编好，非常困难。

不如就现有的婺剧剧目，看完一本，改编一篇。滕小祎突然产生了这样的念头。

滕小祎说干就干。每天晚上，她戴上耳机，打开百度搜索到了视频"婺剧全集"，开始了她的"伪戏迷"生活。

看完一出戏，往往需要三个小时左右的时间。而改编，就要趁着刚看完时的这一股热劲头马上动笔，才能一气呵成。于是，2014年的整个寒假，滕小祎基本上都是下午看一出戏，晚上改编，第二天再修改。刚开始，家里人并不反对，以为滕小祎只是心血来潮。第二日，滕小祎的先生便抗议了："你搞什么？'伊伊呀呀'地唱，唱得我头都痛了！"没办法，滕小祎只能戴上耳机，完全淹没在婺剧的天地里。

滕小祎从未这样近距离地接触婺剧。婺剧的唱腔那样丰富，时而高亢，时而婉转，时而激越，时而低沉，旋律变化，如行云流水。

婺剧的表演那样精彩，一抬眉，一垂首，蕴意无穷；一举手，一投足，自成一派。演员们或嬉笑，或怒骂，无尽风流。

婺剧的故事更是那样跌宕起伏。《三女审子》中的三夫人与奸细斗志斗勇让滕小祎忍不住叫好；《徐九经升官记》中的徐九经插科打诨，却不失正直之风令滕小祎敬佩；《清风亭》中张老汉夫妇的悲惨遭遇让滕小祎唏嘘不已……每一出戏都那样扣人心弦，令人欲罢不能。

如果说，一开始滕小祎只是出于"完成任务"这样的想法来做这件事情，那么，在看了几出戏之后，她的想法变了。她发现，这些剧目中的很多内容都值得孩子们一看。也许他们并没有那么长的时间和那么好的耐心看完一整出的戏，但至少，他们可以先了解这个故事，然后带着这一份了解，再去看戏，感受必然是不同的。

滕小祎下定决心，要把这些故事编好。

她要做的，不是给孩子们一个主要内容，而是把整出戏凝练为一个小故事，这些个故事，应该有情节，有细节，有灵魂。

可是，说起来容易，做起来却很难。

婺剧《洗马桥》有两条线，一条线以刘文龙为主。他高中状元后就被委派出使金国，被金国扣留，十六年没有回家。另一条以刘文龙的妻子肖月英为主线。她在丈夫离家后悉心照料婆婆，得到丈夫表弟宋湘的关照。十六年丈夫杳无音信，婆婆做主让她嫁给宋湘。就在成亲的当天，丈夫突然回来……

这么长的内容，要简缩为1500字左右的文字，从哪里入手？滕小祎思忖再三，决定丢开所有的交代和铺垫，直接从肖月英和宋湘准备成亲这天进行叙述，重点刻画肖月英的心理变化，从思念到矛盾，到接受，到看到丈夫归家后的欣喜，而后转为悲愤和怨恨，以她的回忆来交代清楚事情的来龙去脉。对宋湘的着墨不多，最后以他的背影收尾，表现出其潇洒、成人之美的翩翩风度，改编后的故事也就以"大义宋湘"命名。

婺剧《君子亭》讲的是风雨之夜易生与一女子在亭中一起躲雨的事。孤男寡女，易生谨守君子之礼，剧名也由此而来。这样的故事情节对于现在的孩子来说显然是不能理解的：男女在亭中躲雨怎么了？不是很正常吗？想来也是如此，并不精彩。怎么改呢？

滕小祎抓住了其中的一个小片段。易生在去往亭子之前，因为病了，又是风雨交加，所以他坐在一户人家门口休息。这户人家的主人王素英及时地救助了他，鼓励他不要放弃自己的梦想，继续上京赶考，并借给他一把伞。这里的"救助""鼓励""送伞"都是有文章可作的。虽然点很小，但是给人的启发却很大，这个故事就叫做《送伞》。

婺剧《麒麟带》是一个有关"负心汉"的鬼怪故事。这样的题材并不适合孩子们，但其中有关"诚信"的教育点还是值得孩子们一看的。于是，"血名字"的故事应运而生。

……

看一出，改一出，以其中的德育内容为核心，把相同的德育目标故事放在一起，加上其他婺剧同事协助，30个"婺剧小故事"基本成形。

金华市婺剧促进会会长杨守春、婺城区婺剧促进会会长许光明等领导参加《婺剧小故事读本》首发式

让婺剧走进孩子心里

在改编故事的时候，滕小祎一直在想："我这样去写一个故事，孩子们会喜欢看吗？我的读者群是三四年级的孩子，他们能看得懂吗？"

当她在改的时候，正读三年级的儿子总会走到妈妈身边瞟一眼。滕小祎觉得，何不先让儿子看，如果儿子觉得故事精彩，那么学校的孩子们也应该会喜欢。

滕小祎问儿子："想看吗？"

"嗯！"他狠狠地点头，然后当起了第一个读者。

"妈妈，这个故事太好看了！"他这样说。

滕小祎突然有了信心。

儿子天天问："妈妈，你今天写过小故事吗？"滕小祎每写完一个小故事，儿子必定第一时间跑过来看。而最初的时候，滕小祎看婺剧，他是眼睛都不愿瞅瞅的，可后来，他也定定地站在电脑旁，可以长时间地驻足，并且与滕小祎一起品评哪个人物是什么样的，哪个人物是又是什么样的。

滕小祎从小的时候就听说过"白鲞娘"这个称呼。每当她对孩子宠爱的时候，丈夫也说她是个"白鲞娘"。滕小祎也只大概知道这个称呼也许就是说宠爱孩子的父母吧。

然而，当滕小祎看过婺剧《白鲞娘》。原来，两个孩子各自偷了一条白鲞。一个母亲让孩子把白鲞还回去，而另一位母亲则夸奖孩子"能干"，"有出息"。结果，那个被夸奖的孩子后来成了纨绔，最终因杀人而被处死刑。"白鲞娘"一词也由此而来，告诫父母不可溺爱孩子。

看过这出戏，对于这个词，滕小祎终于恍然大悟。

借着这个故事，她与儿子讨论两个母亲的不同行为对各自孩子的影响，并告诉他父母的批评有时也是出于爱。若是从前说这些，儿子必然会不以为然。但是看了这个故事，态度却谦恭了很多。

滕小祎感叹，原来，婺剧也可以起到教育的作用。

在改编小故事的时候，滕小祎也选择了一些经典的唱段，选编了 30 篇小韵文。

《婺剧小故事》读本分为"婺剧小故事"和"婺剧小韵文"两个部分，各 30 篇。前者侧重德育，后者侧重其文学价值，全方位地向孩子们展示一个缤纷多彩的婺剧世界。

为了这套婺剧读本，不仅滕小祎，学校的其他老师也付出了很多心血。就连书中那些婺剧主要角色的漫画，也是由学校的美术老师朱亚郎创作的，原型都是我们的孩子，很有趣。

得知东市街小学正在编写《婺剧小故事》读本，金华市婺剧促进会会长杨守春，副会长王小平、王亦平，婺城区婺剧促进会会长许光明都给予高度重视，到学校进行多次调研。许光明会长还为东市街小学拨出专款，作为出版经费。

2015 年 8 月，《婺剧小故事》读本终于由钱装书局正式出版。这一图文并茂的课外读本，得到业内专家的高度评价，成为"抢手货"。该读本已经在婺城区"婺剧进校园"的 10 所试点学校推广。此外，中国戏剧家协会的专家，浙江省婺剧促进会和金华各县（市、区）的婺剧促进会，甚至丽水、衢州等外地的婺剧促进会，都得到了赠送的读本。

东市街小学每周一节的校本课程就以《婺剧小故事》为教材，由 6 个老师具体负责。熟悉读本内容之后，老师会让孩子们欣赏配套视频，还会安排表演环节。上这样的课，孩子们特别开心。

滕小祎有一次上婺剧小韵文《男儿报国气如山》（选自婺剧《洗马桥》），全班分小组合作。有一个小组的 5

个孩子特别好玩，其中一个孩子念白，其他孩子摆造型。虽然他们没有接受过正规的培训，但学过婺剧操，再模仿视频中演员的动作，倒也像模像样的，气场很足。这篇小韵文，孩子们不理解时，读起来很枯燥。滕小祎给他们讲了小故事《大义宋湘》，又让他们看了视频。理解之后，孩子们再来读这篇小韵文，就声情并茂了。

婺剧读本涉及的内容非常丰富，可以挖得比较深。比如古代科举、婚俗等知识，都可以渗透进去。这些本身就是传统文化的一部分。滕小祎有一次她给孩子们讲婺剧小故事，刚好讲到一个时间。她就对孩子们说："一日一夜分为 12 个时辰，一个时辰是两个小时。子时是晚上 11 点到凌晨 1 点。卯时是早晨 5 点到 7 点，古代官员这时已经去上班了，'点卯'一词就是这么来的。"孩子们听了，大为感慨："原来古代官员这么辛苦啊！"

像这样的小知识，孩子们都很感兴趣。

贾秀军校长听了一节课，感觉容量很大。婺剧常识、做人的道理都融合进去，又让孩子们领略了文学之美，还锻炼了朗读、表演等方面的能力。孩子们在愉快的气氛中学到了很多东西。

婺剧的唱腔学习难度很大，学校就尝试就变"唱"为"诵"。孩子们边诵读，边学着剧目中演员的动作来模仿着做一做。还别说，有些孩子的架势特别棒，大花脸的方步，小花脸的滑稽，惟妙惟肖。

再看整出戏的时候，大家都津津有味地看着，不时对演员的表演评头论足一番。他们为白牡丹的睿智而惊叹，为"讨饭国舅"的热心助人而敬佩，为"徐九经"的刚正不阿而赞叹不已……

他们由衷地为婺剧写下赞词：

六（1）班张丁允：《讨饭国舅》中的愁不怕心地真好，为了帮助别人，慷慨解囊。我很喜欢这部婺剧。

五（2）班倪思源：我看了《徐九经升官记》之后，觉得婺剧里面的内容很丰富。徐九经为人耿直，铁面无私。虽然他的样貌丑陋，但是他巧用妙计，让李倩娘和刘钰在一起。

四（1）班王宇乐：婺剧能更详细地描述出故事的内容，让故事更加有趣。我喜欢婺剧。

六（2）班陈安月：婺剧这种剧种我觉得非常吸引人。如婺剧中的走路姿势很有趣，唱腔也很吸引人，其中的故事看了更让你忘不了，而且从中更可以知道一个个小道理。所以大家一起来看婺剧吧！

五（2）班祝之易：婺剧博大精深，里面的人物都表现得个性鲜明，而且婺剧能使人更加深刻地明白做人应该有怎样的德行。婺剧的好处真多！

四（2）班程曦妍：我觉得婺剧中的丑角的动作和语言很搞笑，比如：人物很焦急的时候，会在那里甩袖子或走来走去。

……

有理有据，有景有情，婺剧，真的走进了孩子们的心里。

婺剧之花绽放

　　十多年的实践、探索，东市街小学成为了金华市婺剧教学的特色学校。在浙江，一提起婺剧，人们就会想到这所名副其实的"小"学校。在"巴掌大"的学校里，做出了这样一番成绩，成为婺剧名校，凝聚了全校师生的共同心血。

　　贾秀军这个婺剧校长也随之忙碌起来：忙着自学婺剧声段；忙着带队参加比赛；忙着"寓教于婺剧"，让孩子们学会团队精神、坚强品质、找回自信和积极性……在这些似乎与成绩无关的忙碌中，东市街小学找回了坚忍不拔、顽强不息的精气神。

　　开展婺剧进校园后，通过婺剧欣赏，孩子们耳濡目染，经典剧目故事中的礼、孝、忠等优良传统，以及做人道理，深深融入到了孩子们的日常生活中。婺剧传统文化教学，不仅加强了学生的本土意识，还激发了学生热爱家乡的情怀，许多外地的学生，通过对婺剧的接触，深深爱上金华这座城市。

婺剧也在潜移默化地影响着学校的课堂。"双手捂住腹部一侧，身子微微往前倾……"在雏英争章课上，东市街小学思想品德老师向学生展示了各种角色的行礼方式。"中国戏剧中每种角色都遵从特定礼仪，不能乱了套……"听着老师娓娓道来，学生们早已跃跃欲试，在这过程中，学生们不仅认识了各种角色，更全面了解了中华礼仪。学校通过教研活动等形式，初步形成了每门课程与婺剧艺术整合的教学模式。

这两年，东市街小学的婺剧教学也获得了社会各界的一致好评，学校的婺剧教学也创造了辉煌。

学习婺剧不是一件简单的事情，要练功，要练嗓子，孩子们常常会比较辛苦，面对困难，东市街小学的小演员们并不退缩，他们在老师的加油鼓劲下，磨练自己的意志力。唱、念、做、打，都特别努力地练习。他们的坚持，也收获了许多。

2014年1月，浙江省电视台少儿频道《小智情报站》栏目走进东市街小学，录制特色专题节目。2014年10月，东市街小学排演的婺剧折子戏《迎皇妃》受邀参加中央电视台戏曲频道《快乐戏园》栏目组的外景拍摄，这是东市街小学与央视的第三次结缘，也是与《快乐戏园》栏目组的第二次合作。

《快乐戏园》聚焦"婺娃娃"，并突出"婺剧薪火代代传"的主题，通过婺剧比赛，将优秀的老师、学生们集中在一起，配以婺剧名家的表演，展现师生情谊、婺剧情缘，突出婺剧魅力。同时，摄制组人员还在东阳横店影视城进行外景拍摄，拍摄内容为金华婺剧新一代佼佼者及"婺剧进校园"较为优秀的学生个人和团体。在录制节目的过程中，婺剧小演员们认真的态度以及优美的唱腔、优雅的台风都给工作人员留下了深刻的印象。

东市街小学的孩子们还走出学校，走进农村开展义演。2014年9月19日，"信义金华·美丽婺城"婺风美丽非遗百村文化礼堂行在蒋堂镇直里村正式启动。开心的锣鼓敲出丰收的喜庆，好看的舞蹈送来无尽的欢腾。

他们敲起热情的鼓乐。小鼓手们一招一式，或捶或打，只听得鼓声时而浑厚，时而清脆，或徐徐数响，或急急而下，扣动心弦的喧天鼓声直把村中的男女老少都召唤到了现场，连许久不出门的八旬老妪也一手拄着拐杖，一手提着小板凳匆匆赶来。一时间，直里村文化礼堂里里外外人头攒动，受气氛感染，村民们或祖孙携手，或邻里相依，一个个喜气洋洋，交谈甚欢，一派热烈景象。

村民金仔高很兴奋，这鼓乐该有好多年没听到了，从前蒋堂镇的鼓乐由大锣、小锣、大钹、小钹、鼓"五响"和鸣，总会在元宵时与龙灯共舞，在年关时与鞭炮齐鸣，往年的这个时节，村民喜迎丰收，恰是村中鼓乐最欢腾的时候，如今耳旁的乐声有着不输往昔的欢快，但又有些许不同，听着更加振奋人心，觉得既熟悉又新鲜。

在热烈的掌声中，东市街小学"阿婆"剧社的小朋友们送上了婺剧折子戏《过河》，小演员们不再以传统婺剧的繁复装扮登台，而是个个轻装上阵，一步一趋，极具韵律感地模拟着过河时的种种情态，在灯光、音响、道具等的配合下呈现出更夺人耳目的舞台美术效果，隐隐传递着现代舞美意趣。

2014年11月，来自浙江省内各地的婺剧方面专家及部分学校老师走进东市街小学，就婺剧特色教育进行调研学习。同时，该校选送的《见多少王孙公子把骏马乘》、《迎皇妃》分别获得金华市第三届中小学婺剧展演教师组和学生组一等奖。同年，东市街小学又在年度金华市级非物质文化遗产传承教学基地传承考评工作中，荣获一等奖。

2015年3月，东市街小学被授予"浙江省婺剧进校园示范单位"。2015年6月，东市街小学的婺剧节目《迎皇妃》在中国婺剧院小剧场和观众见面，孩子们有模有样的表演，博得了全省各地市关工委负责人的阵阵掌声。

婺剧"乐动"整个校园

　　良好的婺剧氛围，为东市街小学"阿婆"剧社注入了更多的活力。再加上专业老师的指导，孩子们成长很快。像二年级的祝嘉瞬同学，虽然是社团里年纪最小的一个，但表现很棒，经常得到老师的夸赞。

　　2015 年 10 月 18 日，中国婺剧院迎来了演员最多、平均年龄最小的一场婺剧专场演出，由省文化厅艺术委员会、省教育厅艺术教育委员会、省婺剧促进会主办，市教育局、市文广新局、市婺剧促进会、浙江婺剧艺术研究院承办的浙江省婺剧进校园精品汇报演出在这里上演。

　　传统婺剧片段、新编婺剧舞蹈、现代婺剧小戏……小演员们用他们颇具神韵的一招一式进行了演绎，引来掌声一片，展现了"婺剧进校园"近年来结下的丰硕成果。

东市街小学新编婺剧节目《十八棵青松》参加了汇报演出。

舞台上，"同志们……"随着戏中角色郭建光的一声嘹亮的颇带金华腔的号召，台上其余20名小战士齐刷刷地聚集到他的周围。扮演郭建光的小演员满脸严肃，两眼炯炯有神，一手握拳叉腰，一手单掌举天，就开了唱腔，唱词铿锵有力，慷慨激昂，真好一副正气凛然的抗战英雄形象。

随后，孩子们各自散开，其中有四五名孩子，接二连三的做起了一连串的翻滚动作，娴熟的技艺、柔韧的肢体，让观众完全看不出来这只是一群业余的婺剧娃娃演员，引得现场喝彩声此起彼伏。

为了区别于以往多以女生为主的传统剧，同时也为了结合抗战胜利七十周年的大背景，东市街小学最终选择了这出现代剧《十八棵青松》。该戏改编自现代京剧《沙家浜》选段《要学那泰山顶上一青松》，考虑到孩子们没有武功基础，可能达不到样板戏的要求，所以学校一开始就把这出戏定位为孩子们的婺剧类表演，而非样板戏，从孩子们的角度进行重新编排，只保留了词的部分，并且请了婺剧团的一级演奏员王光明老师为节目作曲和国家二级演员李俊杨老师进行动作的编排。待动作成熟后，由学校音乐老师负责进行唱腔的练习。

从2015年暑假开始，孩子们就一直处在排练的状态中，平时上课，就抽中午空闲时间进行练习，因为一些唱腔的训练、基本功的练习都需要花大量时间去打磨，训练十分艰苦。

艰苦的训练也获得了来之不易的成绩。在汇报演出中，《十八棵青松》在全省22个节目中脱颖而出。博得在场观众如雷般的掌声。中央电视台全程录播，这是"阿婆"剧社的孩子们第五次上中央电视台了。

接到任务后，副校长王丽贞和音乐老师傅毅君立即忙开了。王丽贞分管学校婺剧教学，这些年，一次次的参赛，王丽贞都会亲自带队，统筹安排，不仅给比赛的孩子们带来精神上的鼓舞，更是让家长们觉得放心。每一次的带队，不管结果如何，其过程总是辛苦与收获并存。参赛的过程是否顺利，关键在于前期精细的准备工作，有序的操作环节，各部门的默契配合，还有突发事件的应变解决等。而这一切的统筹都需要在王丽贞的协调带领下完成。

有一次，参加中央电视台《快乐戏园》在东阳的拍摄，在检查完所有事物后，王副校长带领有关人员一同前往东阳横店影视城。当化完妆，准备穿戴服装的时候，突然有一个学生说自己少了一条裤子，情况紧急，上哪去找呀？这时，王丽贞看到随行的家长正好穿了一条红裤子，灵机一动，决定给这孩子试一试。好在最后，拍摄顺利完成，没有因为这一问题耽误拍摄行程。导演说"你们还真行，拍摄基本看不出不同。"大家这才松了一口气。

与以往比赛一样，这次参赛，也特别辛苦，从节目选材到编曲，再到一招一式，整个节目的编排历时近4个月。这段时间，孩子们收获甚多，尤其是家长们无私的支持给予学校和孩子们强大的力量。比如朱永伽妈妈，孩子们的戏服脱线了，她缝缝补补；孩子们台前幕后的精彩瞬间，她收集起来做成音乐相册。面对老师和其他家长的感谢，她说："为孩子们出点力，非常值得。这段时间，为了排练节目，老师和孩子们都很辛苦，我想给他们加加油。当然，结果不重要，孩子们通过排练，有经历，有成长，这就足够了。"到正式演出的那一刻，所有为之付出的人都非常感动。

"婺剧进校园"的影响力已经不只局限于学校，你会看到，一个孩子影响了一个家庭，一个家庭带动了一个社会群体，这样的力量传递下去是很强大的。

浙江省政协原主席、省戏剧发展促进会会长周国富给予了高度评价："节目很丰富，演出也很精彩，非常值得肯定。"他认为，婺剧进校园，为传统戏剧的传承和发展打下了很好的基础，在全国创造了很好的典范。

浙江省教育厅副厅长鲍学军在孩子们身上看到了婺剧在新时代下复兴的希望。有20多个县(市、区)的同学们在认真地演出，而且很快乐，很愉悦，很享受，这说明他们沉浸其中，使戏曲成为自我教育的手段。戏剧中有我们的传统文化，还有我们的核心价值观，值得弘扬。婺剧给同学们带来了美好的青少年时代，可以使他们更好地健康地成长。

"闯"出一片新天地

婺剧进校园，激发了学生对婺剧文化的喜爱，也促进了孩子们乡土情怀的滋长。在东市街小学，随处可见的是婺剧元素，上下课的铃声也是婺剧音乐。

婺剧的妆容漂亮，道具繁多，脸谱鲜艳……这些都成为夺人眼球的亮点，非常适合校园布置。东市街小学对这些内容进行梳理，并且对学校的墙体、宣传窗、电子屏以及教室进行了设计，在相关的区域内设立了六个"婺剧主题墙"，用以宣传婺剧文化。

"主题墙"由专人负责，定期更换内容。如"婺剧脸谱墙"选择学生的优秀婺剧脸谱作品进行展示；"婺剧形象设计墙"先由学生选取自己喜爱的婺剧人物形象进行设计，择优上墙；"婺剧宣传标语墙"则由学生自编一些宣传婺剧的标语，择优播放。这些"主题墙"既是学生学习的园地，又是展示交流自己作品的平台，有很强的互动性，受到了孩子们的喜爱。

同时，婺剧操的普及，婺剧校本课程的建构、婺剧与学科的整合，使这里的每一个学生，零距离地接触婺剧，从中习得知识，学会做人，使不少孩子的言行举止变得"有范"起来。孩子们非常快乐地沉浸在婺剧的气氛中，那种快乐可以感染到周围的人，它传达出一种信息——婺剧这一传统文化很成功地融入了校园。

台湾学者邓琪瑛说："我更喜欢这种普及性地传承，而不是针对性培养，这样更符合文化自身的发展规律。"

婺剧进校园，怎样才能走出一条文化传承的新路子？如今，东市街小学借助学校原址扩建的契机，积极与有关部门协商探讨，将在新校园建立一座集表演、展览、交流为一体的婺剧文化展示中心。该展示中心具有博物馆的功能，置身其间，我们可以了解到婺剧发展的历史，婺剧的流派，婺剧的知识等。

该展示中心同时可以进行演出。孩子们可以在这里进行汇报演出，可以与票友同台赛戏，与婺剧专业团队切磋，还可以在这里观看婺剧的经典剧目电影。社会各团体也可以借用这个场地开展与婺剧相关的各类活动。

更重要的，该展示中心还将留下东市街小学"婺剧进校园"的足迹，展示学校的成果，激励所有的学生传承并发扬传统文化。

东市街小学的婺剧梦，仍在延续……

留守儿童的"世界杯"

——浙江省婺城区箬阳小学足球队纪事

引　言

一个只有 65 个孩子就读的山村学校，却有一支优秀的少年足球队。

这支高山足球队由 2011 年区里八支球队比赛的第七名，到 2015 年浙江省"希望杯"校园足球总决赛的冠军。

2014 年 7 月世界杯期间，中央电视台邀请陈伟健和李国豪两位队员参加央视的《豪门盛宴》。

2015 年六一前夕，中央电视台走进大山深处，圆梦孩子们的六一心愿，当晚，央视 1 套晚间新闻 6 分 48 秒播放山里娃的足球逐梦之旅。

2015 年暑假，高山足球队又获得全国足球夏令营北京赛区的一等奖，守门员就是来自浙江金华市箬阳小学的队员。

现今，箬阳小学的多名球员走出大山：1 人入选绿城，4人入选杭体训练中心，6人被其他学校特招。

因为足球，曾经内向不爱说话的孩子们变得活泼开朗；因为足球，孩子们的身体变得强壮；因为足球，孩子们踢出大山，踢出希望；因为足球，孩子们被评为浙江省美德少年二十强，还获得全国美德少年提名奖。

这支由留守儿童组成的少年足球队创造了一个个奇迹，他们的队伍中又有了新的面孔，他们奋力拼搏的精神不会变。

绿茵场上，他们欢快的笑语和矫健的身姿，带给这座大山无限的冀望。不久前，国务院印发的《关于加强农村留守儿童关爱保护工作的意见》中要求，要全面建立"家庭、政府、学校尽职尽责，社会力量积极参与的农村留守关爱保护体系"。留守儿童的身心健康和未来发展再次受到社会各界的广泛关注。

作为金华所有学校中一个特殊而传奇般的存在，箬阳小学以足球为载体，关爱大山深处留守儿童的身心，为他们开辟了一条光明的出山之路。

第一章　高山上的"足球梦"

足球，燃烧的希望

　　小小而顽皮的足球，从刚刚学会走路的孩童到上了年纪的老人，都喜欢踢。足球同大地和行走的双足连在一起，有了来自天地间的灵气，吸引着无数的目光和心灵。

　　足球同祖国和荣誉连在一起。在宽大的球场，我们看到了双方的运动员在开战前随着自己国家的国歌响起而倾心高唱。足球以其力量和精神的象征，在我们的心中播下了庄严而神圣的种子。

　　中国足球走过了艰难的历程。1985 年 5 月和 1993 年 7 月，中国足球队输给弱旅的记忆，让一代球迷痛心疾首。中国足球如同农民难以割舍的庄稼地，总盼望着有个好收成，盼望着用汗水浇灌土地上一派丰收的景象。

世界杯的首秀，颗粒无收的战绩似乎预示着中国足球登上巅峰之路依然漫长。足球场上瞬息万变。国足曾同亚洲强队伊朗进行的一场重要比赛，在上半场 2 比 0 领先的情况下，下半场连输 4 球。那黑色的三分钟，让运动员无语，让解说员吃惊，更让球迷们惋惜、痛心和叹息。足球在那一刻成了一个黑脸的判官，不容分说，界定了球队水平的高低。

足球又同一个个名字连结在一起。容志行、郝海东、范志毅、李铁、郑智等等，一代代的核心球员，支撑着中国足球的前进。没有他们出色的发挥，国足怎能进入亚洲十强，怎能进入世界杯。

我们把目光和燃烧的希望一次次地投向他们，他们曾有过胜利的荣耀，也背负着深刻的耻辱。一代代顶尖的运动员，从少年到青年、中年，足球一直是他们最爱的那一个。是他们的坚持和永不言败的精神，给予下一代运动员以激励和鞭策。

足球也同成长连在一起。足球娃娃们在绿茵场地上摸爬滚打，在赛场上一次次较量，他们收获着泪水，也在收获着经验和自信。

长江后浪推前浪，我们看到了一个个矫健的身影前赴后继，正在接过接力棒，继续冲刺。

笔者所要讲述的，是一群山村孩子和他们老师以及教练们的故事。

大山深处的箬阳小学

大山深处的箬阳小学

箬阳小学是浙江西部偏远山区的一所小学校，海拔一千多米，这或许是金华市婺城区最"原始"的地方。

当清晨的第一缕曙光，透过薄雾，洒到了校园。箬阳小学像一个平凡而又可爱的娃娃睁开了矇眬的睡眼，伸了伸懒腰。整个校园就苏醒了。

"呲"，打火机将灶台下的木柴引燃，微弱的火光开始跳跃，箬阳小学食堂阿姨乌黑的脸被映得泛红。

天色渐明，学校边的村庄偶尔可以听到三轮摩托的喇叭突突作响，农家的烟囱里升腾起缕缕青烟，学校的厨房内传出阵阵饭香。食堂阿姨看了下表，6时半。这会儿，学生和教工宿舍的灯光也已亮起，老师们提前起床，巡视着校园的一草一木。

楼道间，传出孩子们奔跑的"踏踏"声。洗手间的水哗哗流出，孩子们直接用冰冷的水洗脸刷牙，洗罢脸，他们都飞奔入宿舍，脸盆"哐当"一放，随后一溜烟跑进了教室。

"叮铃铃！"晨读时间开始，孩子们清脆的读书声开始回荡山间。二年级教室门口，班主任童月清已经来了。一旁的教室里，值周的教师汪方明，正招呼着其他学生们晨读。

箸阳小学由一幢 4 层高的希望楼和零星的小房子组成。灰白色的外墙，似乎显得很有韵味，又似乎带有几丝沧桑。教室、办公室、活动室、仓库……都在这幢希望楼里。这幢房子，看上去并不高大，但是每一间教室都很宽敞，走出希望楼，便是孩子们每天活动的操场，说是操场其实只不过一小块活动场地。当太阳凌空而照时，操场上金泽闪闪，孩子们的脸上洋溢着灿烂的笑容。

然而，这里更像是一片世外桃源。孩子们的欢声笑语背后，却是明显带有几分落寞：操场上，没有任何的体育设施，一下课，孩子们围在一起，或是你追我赶，或是跳绳。没有其他的活动，体育课上，孩子们也没有像城里学校的球类项目、竞技活动，同样是随孩子们自由活动。

正因为此，学校似乎被人们遗忘在了某个角落。位置偏远、交通不便大大减少了箸阳小学跟外界的交流。经费短缺、师资薄弱等现实问题，使得这所山区学校迈出的每一步都是步履维艰。

如何让学校教育更好地弥补不足？箬阳小学开始了大胆的尝试。在探索阳光教育、培养阳光少年的道路上，他们迈出了自己的坚实步伐。

那一年，婺城区承担了金华市青少年男子足球队参加省级以上比赛的组队任务，区体育、教育部门开始在城区学校选拔优秀的苗子组建队伍开展日常训练，同时婺城区已经连续两年组织了区中小学生足球比赛，在全区中小学普及校园足球。

要不要抓住这次机会，让孩子们参加比赛，成了校长陈晖反复思考的问题。一开始，学校不打算参加这项比赛，因为开展足球这类集体项目耗资大，学校没有装备和器材，甚至没有训练场地，也得不到家长的支持，但孩子们对足球却表现出难得的热情，第一次接触足球，他们就被这项激情的运动吸引了。望着孩子们踢球时的快乐身影，让校长陈晖的脸上露出了久违的笑容，他决定让孩子们参赛。

参赛不是为了拿名次，而是希望通过校园足球，让孩子们学会坚强，学会交往。陈晖打定主意，传统的教学除了践行诵读经典、感恩教育，还可以延伸运动项目。通过运动项目——校园足球的切入，从而培养孩子健全的人格、阳光的生活状态、互助合作的团队精神。

足球是孩子们喜爱的集体运动，足球能让孩子们在游戏规则中知道什么是自律；在刻苦训练中让孩子们懂得什么是坚持；在激烈的竞争中让孩子们明白什么是拼搏。正因为此，陈晖希望通过他们的努力，让山区的留守儿童也能像其他孩子一样，童年有梦想，有阳光，有快乐。

足球迷校长陈晖与社会爱心人士

"足球迷"校长陈晖

陈晖是接受组织的安排来到这座深山小学任副校长的。

去箬阳小学如同一场朝圣,坐车在盘山公路上拐过数不清的弯,时而颠簸,时而平整,虽然早就做好了思想准备,但是,进山的艰难,还是让陈晖心情沉重。

山路坑坑洼洼,路面上的小石块,脚不小心踩在上面,就会滑到。一到下雨天,如果走路不小心,就可能滑下身旁的悬崖。

初到到箬阳小学,陈晖也和很多来到这里的老师一样,想在这里混几年就调回金华城里。但是,妻子申志贞的支持和山里孩子的淳朴,让陈晖坚定了留下来的决心。

陈晖面对的是一张张干净、淳朴、乐呵呵的笑脸，看到的是衣衫有点破旧，少言寡语、沉默可爱的孩子。当孩子们蜂拥而上，像遇见大明星一样把他团团围住，一口一个"陈校长"时，陈晖只有一个念头：一定要让孩子们走出大山，去看看外面的世界。

阡陌交通，鸡犬相闻。通了信号的有线电视是山里人平日了解大山以外精彩世界的唯一窗口。

面对有礼貌、很内向的孩子们，陈晖不由得想起自己的童年。陈晖出生在金华孝顺镇的一个小村子，父母都是朴实的农民。

陈父 16 岁就是种田的好把手，虽然年纪轻，但他不怕苦不怕累。每天凌晨 3 点起床，去田里劳作。20 多岁，他就拿到了 10 个底分，成为正劳力。成家后，有了孩子，陈父和陈母的生活担子重了，他们一起更加辛勤地劳作，凌晨出门，晚上九点多回家。可是，一年的辛苦劳作，到年底统一分配粮食，也只能勉强够一家子吃饭。

从小，陈晖就跟随父母在田里劳作，劳作完成，就和村子里的孩童一起，迎着午后的夕阳，在村子的晒谷场上快乐地踢球。也因此，陈晖和村子里的孩童成了快乐的乡村足球小将。

时间就这样匆匆地流逝，那一年，陈晖小学毕业，穿着母亲制作的布鞋，背着母亲手工缝制的布书包，他走进了初中教室。

一次，县里举办足球比赛。迷上足球的陈晖希望能够参加比赛，他渴望有一只属于自己的足球。星期天，陈晖从学校回到家里，走进家门，正琢磨着怎么开口。父亲好像看透了他的心思似地对他说："你妈胃病又犯了，正等着凑钱抓药呢！"兴致勃勃的他忍着泪，把头转向一旁，默然地离开了家。

少年时的足球梦，因为家里的贫困而没有实现，这让陈晖无法释怀，一直耿耿在心。

同样的贫困，同样的生活艰难，当他身临其境，山里孩子那一张张纯朴的脸蛋犹如山区清新的风，让陈晖一下子就爱上了这群孩子。孩子们对外面世界的渴望更是深深触动了他的心灵。

陈晖的妻子申志贞特别理解丈夫，申志贞也从小生活在贫穷的农村。

生活的艰辛贫困，让申志贞明白，只有读书才能让生活变得美好。高中毕业后，申志贞如愿成为了一名国家工作人员。后来，申志贞与陈晖结婚了，结婚后，虽然生活不算富裕，但过得幸福、快乐。申志贞时常感谢百般呵护她的好丈夫。

当知道丈夫调任箬阳小学时，她不但没有发牢骚，而且很支持，她说："过去，我们的童年生活，这么艰辛都过来了，现在，为山里的孩子做些力所能及的事情，是义不容辞的，你应该留下。"

听着妻子的话，陈晖胸中涌动着一股激情，面对大山，他坚定了自己的信念：

"山区孩子需要我，我陈晖一定要让山里的孩子阳光、奋进、有梦想，我要带着山里的孩子走出大山，自信成长。"

他下定决心，一定要在箬阳小学干出一番成绩，让山区留守儿童也能像城里孩子一样。

就这样，一年后，陈晖挑起了箬阳小学的重担，担任该校校长。

作为金华地区最薄弱的一所学校，陈晖面前的工作可谓千头万绪，教学质量、教育特色，以及学校对外的形象等等，从哪里抓起呢？

箬阳小学海拔高，地处偏远，是全乡63平方公里范围内唯一一所学校，全校有6个班，12名教师，65名学生。孩子们情感脆弱，虽然友好，但不善与人交谈，他们安淡却又惧怕竞争。家庭教育的缺失、社会教育的薄弱，都影响了孩子们的健康成长。

早在上世纪90年代，留守儿童的现象就出现在了箬阳乡。每个班上的留守儿童达到百分之七十，这个比例相当高，自然而然就产生了许多除学习以外的琐碎事。比如：学生想父母了，心情不好，上课就不安心了；学生的父母想孩子了，就打电话给老师……古话说：儿行千里母担忧，现在，母行千里依然牵挂儿。如果遇到孩子生病，老师与父母的电话便成了热线。

"留守儿童"这一现象，给学校、老师、校长都出了一道难题，不仅要教孩子们知识，还要担当起父母的责任，关心他们的吃喝拉撒睡。学校对学生的责任远远超出了校园的围墙，延伸到了家庭和社会。

上任伊始，陈晖就对学校的孩子们进行了调查，调查显示，90%的孩子是"留守儿童"。虽然留守儿童现象是山区学校的特点，但是，箬阳小学比率这么高，多少出乎陈晖的预料。

留守儿童问题无法忽视，也不容忽视，学校如果不关心，学生就不安心，就学不到真本事，老师的教学就出不了成绩，良心上过不去不说，学校的事业也得不到发展。

陈晖提出了关爱留守儿童的设想，构建"学生——孩子——亲情"的新型师生关系。

后来，这也成了箬阳小学老师们的共识。"学生的事无小事"成了每一位老师的共同认知，学生每一天的生活和学习也都托付给了学校和老师。

足球小将参加比赛

　　管理顺畅后，陈晖又琢磨，一个学校一定要有内在力量，否则就是躯壳，有形无神，失去了生命之气息。一定要让箬阳小学有神有形地立起来。这里的孩子，都是大山深处的留守儿童啊！得让他们的精神生活有个依托。

高山上有了"梦之队"

如何让孩子自信、阳光起来？如何让学校教育更好地弥补不足？身为校长的陈晖经过反复思考，最后决定在重视传统教学，践行诵读经典、感恩教育的同时，尝试开展足球运动。

他说："足球是一项需要团队合作的运动，富有激情和挑战。"

足球运动可以激发孩子对于学习，对于生活的热情。另一方面，足球也能成为老师和学生之间的沟通平台，拉近和孩子们的距离。

组建足球队之初，自愿报名的学生寥寥无几，陈晖不得不挨个做学生的思想工作，同时给学生家长打电话，路近的就登门拜访。经过他和同事们的多方努力，一支从来没有踢过足球的小学生足球队总算成立了。可问题也随之而来，当时的操场坑坑洼洼，是零碎的水泥地组成的，不足 300 平方米，而且还得给乒乓球等其他体育运动留点场地，因此，只能在一块篮球场大小的水泥地上做文章，两条长凳子一架，就成了足球门。

足球队成立了，场地也勉强算有了，可由谁来教孩子们踢球呢？在箬阳小学不要说足球教练，就连专职的体育老师都没有。

开弓没有回头箭，办法总比困难多，既然自己决定的事就决不能刚开头就打退堂鼓，没有专职体育老师，陈晖自己当起了教练。就这样，门外汉成了专职足球教练。

凭借自己年轻时对足球的热爱，在没有任何设施的条件下，陈晖带领学生练起了足球。让他没有想到的是，经过几天的练习，孩子们对足球的热情超过了他的想象，他们很快爱上了足球。

陈晖在周前会上对教师说："阳光教育，我们选择校园足球，就是要把这个世界的万紫千红、五彩缤纷带给孩子们。要让学生在德、智、体、美、老各个方面都得到发展，让学生的成长呈现各自的特点，就像万紫千红、五彩缤纷的自然界一样，让我们的足球文化成为开启学生阳光人生的开端。"

自此，陈晖也与校园足球结下了不解之缘。这是一种积极向上、鼓舞人的力量，如阳光般温暖。陈晖希望学校的老师和学生都能在足球文化的打造过程中，拥有阳光般的大气象、大智慧、大境界。

足球队建立后，孩子们的状态有了明显的改变，有的孩子为了能赶上踢球，早早地把作业做完；孩子们通过踢足球，团队意识增强了，性格也变得开朗。这更加坚定了陈晖开展校园足球活动的信心。

箬阳小学的体育设施相当简陋，陈晖就因地制宜，结合学校的实际情况，有针对性地开展训练。没有场地就练颠球、传球，雨天就在室内练习，周末找块空地一踢就是一整天，让孩子们在反复的训练中寻找球感，提高技艺。

平时，为了能在理论上指导学生，陈晖从书店买来足球教学教材，观看教学视频，现学现卖。山区的孩子跟城里的孩子相比，身高和体质都有着差距，可山里的孩子特别能吃苦。有了书本上的足球理论和经验指导，这些孩子们开始对足球有了理性的感知。

为了增强孩子们的体质，充分挖掘他们的潜能，每天早晨 6 时起床后，他们要进行一个小时体能训练；吃完中饭练 45 分钟的颠球和射门；下午活动课还要练一个半小时。山里平地少，陈晖就带孩子们跑山路增强体力；50 米冲刺练不了，就练 25 米折返跑；足球不够用，就用替代品练脚法。

几年来，无论是刮风下雨，还是严寒酷暑，陈晖都坚持与孩子们一起跑步、训练。

陈晖这样做，一是为了给孩子鼓劲，二是怕孩子们训练时受伤，他在旁边总放心一些，万一发生什么事也好及时处理。有几次，陈晖身体不太舒服，想在跑步训练的中途休息一下，可一看到孩子们还在跑，他的脚步也就没有停下来。正是他的这种以身作则的做法赢得了孩子们的信任和尊重，球队的凝聚力越来越大。成立足球队三年来，虽然每年都有队员毕业，可新进来的队员个个都能很快融入这个集体，从而保证了团队的战斗力。

2011年秋，陈晖的这支"山娃足球队"首次参加婺城区第一届中小学校园足球联赛，居然还赢了一所有一千五六百名学生的大学校，获得小学男子组第七名，小学女子组第六名。

第一次参赛就取得了成绩，孩子们的热情更高了，陈晖的信心也更强了。看着孩子们在赛场奔跑，这帮"零基础"的孩子对足球的喜爱和天赋，毫无章法的球队竟然没有垫底，陈晖知道，机会来了。

看着满腔热情的孩子们赤脚在水泥地上追逐一只踢破了一层皮的足球时，陈晖知道，这仅仅是未来荆棘丛生的千里之行的第一步。

为了让孩子们能尽快提高足球水平，陈晖用以赛代练的方法，带领孩子们到处征战。可这样做他却要付出更多：每次出门比赛，都要伴着星星提前坐上长途汽车出发，比赛结束返回学校时，夜幕早已降临。为了不耽误孩子们比赛，陈晖既当球队的领队、教练，又当球队的后勤管理员，每一次都和孩子们一起吃饭，跟孩子们一同进退。

第二章　为了留守儿童的"足球梦"

夫妻教师当起足球队的义工

2012 年 9 月，婺城区第二届中小学足球联赛如期举行。有了第一次的比赛经验，这次参赛，孩子们充满信心。

这次比赛由老教师汪方明担任领队领导，他的妻子童月清则主动担当后勤保障任务，他们特别忙碌。在箬阳小学，他们是夫妻教师，40 多年来，这对夫妻教师一直都在箬阳小学任教。

教书成了他们一生的事业，孩子们需要他们，乡亲们也需要他们。让每一位山里娃走出大山，成了这对夫妻一生的事业。

57 岁的汪方明是箬阳乡人，在山区教了 40 多年书，他当了 40 多年的班主任。

妻子童月清是孩子们的"妈妈"。孩子生病了，她总是第一个知道，并且亲自陪他们去看医生；孩子回家了，她不厌其烦地一遍一遍打电话到学生家里，确认是否安全到家。留在山里上学的学生多为留守儿童，家庭条件不太好，身为老师多给他们一些关心也是理所当然的。

夫妻俩都坚持"一个学生也不能放弃"的信念。对待每一个学生都倾注了满满的爱。

打从学校开展足球教育后，这对夫妻教师多了一份差事，就是为孩子们做好后勤保障。看着山里孩子通过踢球，变得爱说话、爱笑，夫妻俩都特别欣慰。

夫妻俩依稀记得，2011 年冬天，他们带领孩子参加一场比赛，比赛当天下起大雪，回校的山路交通中断。

夫妻俩带领小队员们在金华市区的家中住了一周。这一周，夫妻俩成了全职"爸爸"和"妈妈"，汪方明的家共 90 平方米，小三房，换了平常，房子不算狭窄，汪方明一家三口，主卧是他们夫妻俩居住，次卧是女儿居住，还有一个小书房。可是，一下子要让 7 位小队员住下，让这个本来并不大的家变得非常狭窄。

小队员有男孩和女孩，既要把男女生区分开来，又要让孩子们像住在自己家里一样。夫妻俩商量决定，把主卧和次卧都让出来，先让孩子们确保睡在床上，女儿则睡书房的小床，他们夫妻俩打地铺。

懂事的孩子们见了，都争着吵着要睡地铺，让"爸爸妈妈"睡床上。汪方明说："同学们,看着你们在足球场上的表现,老师真为你们高兴,老师睡地铺不要紧,只要你们快乐地踢球,争取越踢越棒,踢出成绩,为学校争光,老师会非常高兴。"

"我们一定好好努力,踢出大山,取得好成绩。"孩子们说。

"说得好。老师期待着。"

住宿问题解决了,吃饭问题接踵而至,往常,童月清都是简单地炒两个菜,一家人对吃饭并不讲究。现在,孩子们住在家里,童月清不敢怠慢。

孩子们都是长身体的时候,吃得不好就是耽误孩子,冰寒天气,每日三餐都要做十来个人的饭菜,让童月清着实有些为难,在学校,尽管是孩子们的"爸爸妈妈",但是,食堂有阿姨会烧,童月清更多的是对孩子们生活、学习的照顾,她没有食堂阿姨的做菜技艺,每天,她买好鱼、肉、蔬菜,每一餐做饭加上收拾,都要好几个小时。

她和孩子们调侃:"童老师的饭菜没有学校阿姨做的好吃吧!"

"我们最喜欢吃童老师做的饭菜了。"孩子们很懂事。

看着孩子们吃得津津有味,童月清忘却了劳累。

就这样,在一周的时间里,夫妻俩承担了照顾孩子们的所有事务。

一周后,山路冰冻依旧,夫妻俩带领小队员们徒步回学校。山路崎岖，冻得打滑，夫妻俩拄着木棍，让孩子们走在靠山的一边，慢慢前进。

过了一半路程，或许是孩子们累了，行路更加艰难。

夫妻俩四十年来，不知道走了多少个冰雪天的山路。对山路再熟悉不过了，汪方明心想，不是正好趁着走山路教会队员们学会有毅力才能踢好球？他对孩子们说："孩子们，踢足球就好比走山路，中间的坎坷、困难，都需要我们持久的恒心和毅力才能克服，才能最终走向成功。"

汪方明的话让队员们很受鼓舞，孩子们鼓起勇气，克服山路的崎岖，慢慢前进着，经过了四个小时的前行，终于安全到达雪白的山顶。

回到学校，孩子们亲笔写下了一段段感人的文字，看了叫人感动：

寒冷的冰雪天气没有让我们退却，我们在汪老师和童老师的带领下，连续走了四个小时的崎岖山路，到达学校。艰难的前行，让我明白了什么叫做毅力，我们山里孩子就是有毅力，我相信我们踢球也会像走山路一样有毅力……
　　……

很小的时候，爸爸妈妈告诉我，只有好好读书，才能走出大山，足球，让我们山里娃有了走出大山的机会。汪老师和童老师就是我们的"爸爸妈妈"，"爸爸妈妈"就像亲爸爸亲妈妈一样对待我们，我们一定要努力踢球，踢出大山，踢出希望……

看着孩子们稚嫩、童真的话语，夫妻俩深深感动了。

对孩子们来说，是温暖的。12岁的李连杰和沈佳燕是参加这次比赛的男女队长。早上5点多起床，6点多坐上公交车，8点多赶到市区的比赛场地。比赛结束后，当天下午就坐车返校。一天有四五个小时坐在车上。因为联赛赛程密集，他们往往要在三四天时间里重复这样的时间表。

这样的奔波，李连杰和沈佳燕却从不觉得辛苦，却是雀跃的。一路与队友们谈天说地，穿上像样的球衣球鞋，在铺着草皮的球场上踢球，进球的感觉实在很棒，在比赛的市区校园周围走走逛逛……说起比赛的乐趣，李连杰的脸上堆满了笑。

李连杰很喜欢自己的队服，明亮的黄色让他联想到强大的巴西队。不过，只有到比赛的时候，他才能穿这套球服，平时它都被锁在学校教务处的办公室里。比赛结束后，他就得把衣服洗干净上交。

这些球服是学校的"传家宝"，陈晖校长都是按6年级孩子的尺码买的，毕业之后就传给下一届球员。

山区里的孩子素质好，肯拼，肯吃苦，汪方明和童月清也努力和孩子们一起守护他们的足球梦想。每次比赛之后，沈佳燕和队友们总是会在赛场上再踢一会儿球。

"那个球场是有草的，踩在上面软软的，跌倒了也不疼。"沈佳燕说。

"而且还有两个球门。"一旁的队友张艳芬急着插嘴。

沈佳燕现在最大的愿望，就是有一块"跌倒了也不会擦破皮"的球场。李连杰则希望能有一个"高手"老师把自己传球、射门的技术再提高一下。

孩子们的愿望，汪方明和童月清都记在心里。他们也想法设法为孩子们实现愿望。

这些年，汪方明和童月清一直为学校当着义工，担负着后勤保障工作。

同汪方明和童月清一样，在箬阳小学校园足球如火如荼开展的大背景下，一大批老师都充当起了义工，为校园足球队服务。

山里孩子不少还来自单亲家庭，很大的一个问题就是和人交流少，沟通能力差，同样也不够自信。

孩子们参与足球训练以后，明显的变化，就是变得愿意表达了，很多家长打工回来，孩子的变化都让他们大吃一惊。通过参与足球这样有明确规则要求的体育项目，孩子们自身存在的一些问题也改善了。

足球带给孩子们如此大的改变，极大地带动了老师的积极性。

于是，一场举全校之力开展校园足球的活动轰轰烈烈地展开了。不是为了培养足球明星，而是培育有学校特色的足球文化。箬阳小学校园足球月活动展开了，既有主题班队活动、足球操展演等团体项目，还有手工、书法、手抄报设计、足球征文等个人项目。校园足球月活动，让全校所有学生都参与足球活动，使每一个学生都能在校园足球活动中找到自己的位置，从而体会到足球的乐趣，感受到足球的魅力。

足球打破了这座深山校园的沉默。语文老师汪福金因为校园里的手抄报，重拾了丢下许久的书法爱好，开了个兴趣班，每周一到两期，感兴趣的学生都可以参加。虽然利用的是课余时间，汪老师倒也高兴："早上一睁开眼睛看到的就是学生，晚上就寝也是闭着眼睛听着学生的动静，反正是陪着他们，用爱好发挥点余热也好。"

幼儿园的老师也异常忙碌，因为要排练足球操。整个足球操的元素是足球，因而，把足球动作、技巧融入到整个足球操节目中，也是一件难办的事，幼儿园的老师绞尽脑汁，终于在陈晖的配合下，顺利完成足球操节目。

学校的门卫余茂根也喜欢看着孩子们踢球。"总比打架逃学强，自从踢上足球，偷偷溜出校门的学生少多了。"说话间，一个足球飞到了传达室的房顶上，老余熟练地架上梯子，捞起球，抛向操场。

如今，孩子们在校园足球文化的熏陶下，每天置身于一个足球天地中：画足球，说足球，赛足球，写足球，唱足球，演足球。足球文化节的开展，为孩子们开辟了发展综合能力的广阔天地。

许多孩子在参与足球文化活动的过程中，不仅增强了体质，而且学会了坚强、合作，提升了自信、责任感。

在推广校园足球之初，因为担心开展不起来，影响孩子们学习，不少老师、家长不理解也不支持。当校园足球被打造成一种校园文化后，逐步转变了人们的观念，得到孩子、老师、家长的热烈拥护。

足球文化的悄然形成，让越来越多的孩子参与到校园足球活动中来，丰富了校园文化，推动了学校素质教育的发展。

"小足球，大教育"，探索校园足球，最直观的感受就是学校里踢球的孩子多了。踢足球最直接的效果是学生们的身体好了。

然而，足球给学生带来的变化不只是身体上的，更有精神上的。过去的"闷葫芦"，变得阳光热情了。

足球小将在赛场

有的学生通过足球训练，改变了害羞的性格；有的学生通过参加班级足球联赛，班集体荣誉得到增强；有的学生因为加入足球队，团队合作意识、责任意识、公平竞争意识明显增强；有的学生当上了足球队长，组织能力、交际能力、表达能力不断提高；有的学生因为怕耽误足球训练，上课更加专心听讲，及时完成作业，主动找老师辅导，学习效率明显提高。

球迷教练的万里崎岖路

2012年11月的一个下午，在金华市公交公司任调度的滕昌盛忙完手头工作，翻看报纸时，看到报道的箬阳小学的孩子们缺球场缺装备缺教练。滕昌盛当即就做出了决定，去箬阳小学支教，给孩子们做足球教练。他在自荐时说："我们的足球，需要大家一起来做一些普及工作。"

滕昌盛今年43岁，4岁时父亲因公殉职，母亲没有文化，但非常勤劳，他们家兄弟三个，都相差6岁，年龄差距较大。小时候，滕昌盛生活在位于乾西湖头的染化厂，从小顽皮的他，邻居给起了个绰号"溜缸虫"。

1978年，滕昌盛的母亲调到市区边上的漂染厂工作，滕昌盛则在南市街小学就读。因为家境不好，他正是通过踢球来摆脱这种困境。

在南市街小学读书的时候，滕昌盛的学习很不错，是班长，大队长，喜欢文化，也喜欢运动。那个时候，女排获得三连冠，中国首次参加洛杉矶奥运会，这样振奋人心的大事件也深深影响着滕昌盛。

也是从那时候起，在金华市人民广场，经常会举行足球比赛，足球氛围非常浓。滕昌盛很是心动，希望好好练球踢点名堂出来。他在南市街上学，同小伙伴们踢街头足球，对着市车辆厂新厂区的围墙练脚法。后来，他发现在老农贸边上有块狭窄的草地可以踢球，就发动漂染厂宿舍的小同伴们一块儿来踢，尤其是在暑假，没有了学习的枷锁，他们便无拘无束地踢。

上了初中，学校有更开阔的操场，有一大批热爱踢球的老师、同学，每当下午自修课结束，滕昌盛和同学们就像快乐的小精灵，练射门，班与班之间踢球比赛。他还特别用心，到书店里买来足球方面的书籍，按照书上要求练球，学校操场边上有个跳远沙坑里可以练倒钩，他就让同伴给他抛球，他模仿电视里运动员倒钩动作，不怕疼，不怕摔，自己摸索着练，到了星期天，天没亮就自己一个人拎着足球到广场上练跑步，练颠球。

到了初二，学校组建校队，滕昌盛顺利入选了。教练汪德华还专门将队员带到飞机场操场拉练。当汪德华看了滕昌盛的踢球动作之后，开玩笑说："滕昌盛，踢球很不错，你现在的水平，可以去招工了，金华的水轮机厂，尖峰水泥厂，这些单位都很重视足球，会踢足球很吃香的。"汪老师的话像蜜糖一样，让年少的滕昌盛心花怒放。

1987年，进入高中的滕昌盛，尽管学习忙，但是，一到周末，他还会自发组织同学，经常跟兄弟学校球队踢友谊赛，切磋交流。滕昌盛踢前锋，屡有进球。

滕昌盛高三那年，因为跟兄弟院校在广场比赛踢球，由于运动较猛，不慎摔伤，脚踝骨折。到了毕业考，还绑着石膏，是同学背着他进考场。

高中毕业后，滕昌盛入选了市机关足球队，并且在1996至1998年这三年，他为市机关队获得市足球赛三连冠。

在承担箬阳小学足球队的培训任务前，滕昌盛一直在金华市公交集团有限公司营运三公司工作，作为一名中国足球的铁杆球迷，早年滕昌盛追随着国足比赛的足迹走遍了大半个中国的球场，现在的他把对足球的热爱融入自己的生活里，和朋友踢球、带儿子踢球，享受快乐足球。

了解箬阳小学足球队的情况，滕昌盛萌生了爱心助教的想法。他翻出为儿子写下的训练日志，开始整理自己的训练计划。他不敢说自己有多专业，但起码是比较系统的。足球训练就像栽花种树，得持之以恒才能开花结果。滕昌盛打算每个月到箬阳小学为孩子们上两三堂足球课，如果没有特殊情况，自己至少要坚持两年，让这些足球苗子从基本功抓起。

考虑到箬阳小学是寄宿制，学生周末都要回家，滕昌盛特意把足球课排在了工作日。箬阳小学距离城区 50 公里路程，一来一回要耗时四五个小时，再加上一个半小时的训练课，这意味着滕昌盛的每一次助教，需要腾出一天的时间。

家-公司-箬阳，从此，滕昌盛一头忙着工作，一头顾着箬阳的孩子，不论雨雪寒暑，每月不定期地走进大山义务支教。

去箬阳的山路，弯大，坡陡，很多私家车主都不愿走。从支教开始，仔细算算，这条路，他已经足足走了一万多里。

崎岖的山路没有吓到这位倔强的老教练。

每次上山，滕昌盛都要花很多的时间。

一到校，他会长舒一口气：手软了，脚也软了，这是初次来箬阳小学的切身感受。然而，滕昌盛的足球课，让箬阳的留守孩子们眼前一亮，给了他们乐趣、目标，甚至成就感。于是，滕教练上山的日子，慢慢地，就成了箬阳孩子校园生活的一个兴奋点。

2012 年 12 月 23 日，星期一，又是滕昌盛进山的日子。

年轻时，他踢球很着迷，球友们管他叫"阿滕"，不知从什么时候开始，亲朋好友们都管他叫"阿滕"了。他不是职业教练，但他有一套偷师国内著名教练金志扬的少儿足球教学方法。他手把手训练出的儿子滕凯波，10 岁就转学进了恒大足球学校，入学一个多月，就被选入精英班，由西班牙皇马教练团队亲自执教。

进山前，滕昌盛需要先把工作安排好。虽然公司领导很支持他支教，但他不愿让领导为难，分内的工作，还是要认认真真做好的。

清晨 5 点，滕昌盛赶到公司。所有车辆的车容车貌、车辆设施，他一辆一辆地检查。58 名驾驶员、售票员的调度，他都要核查、确认。

直到上午 8 点多，滕昌盛才坐上公交车，前往去箬阳的中转站——安地。

公交调度工作和足球，滕昌盛都非常热爱。前国际足联主席阿维兰热，曾经营过巴士公司，也跟公交车有关系。滕昌盛坐上公交车，心想自己竟然和阿维兰热扯上同行关系，心里就有几分得意。

安地去箬阳的班车，一天只有早上 6 点和中午 12 点两班。

"阿滕，又要上去啊。"老远看见滕昌盛，安地站的乘务人员老陈就热情地打招呼。这两天天气还好的，上次塌方的那段路已经修好了。因为滕昌盛经常往返于市区和箬阳，乘务员都认识这位教练了。

老陈说的是通往箬阳的一段山路，那年 10 月初，台风"菲特"来袭，因山体滑坡，一段山路下陷，无法通行。"菲特"刚走，滕昌盛又要进山了。结果，公交车只能坐到半山腰，滕昌盛不得不步行到箬阳。因为路上的耽搁，那一次课比平时少了半个多小时。看到箬阳孩子见到自己时的笑脸，滕昌盛说自己有点过意不去。

一车子人一路颠簸摇晃着，下午1点多，滕昌盛一路站着到了箬阳。

"滕教练来喽！滕教练来喽！"

还没进校门，孩子就兴奋地跑来迎接。他们已经摸索出了规律——"不吃完中饭，滕教练是不会到的。"

滕昌盛数十次辗转上山，都赶不上学校食堂的热饭。

当天这节课的内容是假动作过人。滕昌盛示范、讲解之后，四年级球员沈瑞宏很快就做得像模像样了，他理所当然地成为当天课堂上的"标杆"。

"你们注意沈瑞宏的脚面"。

"你们可以学一下沈瑞宏，注意隐藏进攻意图"。

"你们看沈瑞宏晃过人后，不是顺势往前冲的，要注意变向……"

在滕昌盛不停地鼓励下，沈瑞宏也不时露出腼腆的笑脸，在球场上的拼抢也变得更加积极了。

在箬阳小学今年的校内颠球大赛上，沈瑞宏还打破了校园纪录。

下午3点，箬阳开往市区的末班车很快就要发车，滕昌盛不得不返程了。

"谢谢滕教练。"孩子们站成一排，响亮地向他们的教练致谢，让身高近1.8米的滕昌盛红了脸。与花在路上的时间相比，滕昌盛觉得和孩子们相处的时间实在太短了。他很珍惜这短短的一个多小时，不舍得浪费。在队内对抗训练时，滕昌盛重重地滑倒在地上，他像没事人一样，爬起后，继续示范盘带、过人的动作。末班车来了，他向陈晖要了3个止痛膏，匆匆贴上，就走了。原来，那一跤摔得很重，他很多天都没法正常走路。尽管如此，这条支教之路，他却走得无怨无悔。

足球小将获奖

爱心在箬阳小学涌动

箬阳小学组建足球队的事情，看似只是这所默默无闻的山区学校的小小创举，却不仅给学校带来了知名度，而且给学生带来了不一样的激情与面貌，还引起一些业内专业人士的兴趣。

恒大足球学校教练王剑远听说后，特意驱车从宁波赶到箬阳乡。他一进校门，看到一块铺了塑胶的足球场地。

"很震惊，没想到山里居然有这么好的足球环境。我到过很多地方，这里的足球场地虽然简易，但氛围最好。"王剑远说。

"以前在偏远地区几乎没有见过足球场。"王剑远给孩子们上了一堂专业的训练课：带球、传球、射门、对抗赛。王剑远边指导、边观察这些孩子。"很多孩子有天赋，很有潜力。我心目中已有合适的人选了。"

箬阳校队也走出了大山，到市区踢友谊赛、到温州踢省赛、到杭州参观绿城基地……他们知道了怎么开球，怎么发界外球，怎么抢位，怎么配合，怎么理解教练的战术意图，从野鸭子练成了正规军。

2012 年 9 月 22 日，"茂新房产杯"浙中足球联赛小组第二轮战火重燃，很偶然，浙中足球联赛小组第一轮赛况的消息在《金华晚报》报道时，《海拔 800 米的深山里有两支少儿足球队》的报道也编排在同一版面上。联赛组委会的同志看完报道后很震惊，大家纷纷感慨：想不到金华还有在这样艰苦环境下坚持足球训练的小学，看到他们的困难，大家都想为他们解决一点点实际困难。当天，参赛的各球队纷纷响应联赛组倡议，为箬阳小学募捐，募得十几只足球，60 套训练服，还有 2000 元现金。

组委会的同志说，以后还要发动爱心送教活动，针对箬阳小学足球教练缺乏的状况，发动在联赛中的球员，每学期开展几期送教活动。

孩子们追逐足球的乐趣与梦想，以及他们对足球运动保存的纯真，也让陈晖信心满满。也因此，陈晖开始了校园足球实践过程中的一系列探索。以校园足球为载体，提升山区学校"留守儿童"综合素养的行动由此展开。校园足球与语文、英语、品德、美术、音乐等学科整合的实验研究在学校推开。

"快乐足球"课间操、足球节、"足球大课间"，这些活动的开展，让箬阳小学逐渐形成了全体学生参与的常态足球课外活动机制。校园足球给学校教育注入了新动力。也成了孩子们追求乐趣与梦想的体育项目。

作为一所大山深处的学校，在这里，我们讨论校园足球，或许颇有一份"与世隔绝"的感觉，然而，当我们把视野投向这所学校，发现这里的孩子们虽然缺球场缺装备，但是，不缺踢球乐趣。

山里孩子的肯拼、肯吃苦，努力守护他们的足球梦想得到了有关部门和社会的更多关注。

时任婺城区委书记陈晓也关注了箬阳小学足球队，在他的支持下，箬阳小学对操场进行了改造。原来那个集足球场、篮球场、田径场于一身的坑坑洼洼的水泥地铺上了塑胶，就算光脚踢球，孩子们也不容易受伤。

同时，箬阳小学还获得了金华市体育局足球项目2万元的资金支持。

足球有了、球衣有了、球场变了、教练来了……箬阳小学足球队的孩子们乐了。也因此，箬阳小学的校园足球队展开了系统、正规的长期训练。

2013年8月的一天，金华市北苑小学的体育老师孟一飞像往常一样，吃完饭端坐在沙发上看报纸。偶然间，看到了箬阳小学的报道。箬阳小学的孩子们为了一场比赛，走了4个小时的山路，只有比赛时，孩子们才能穿上球衣……这些，都给孟一飞带来内心深处的震撼。

箬阳小学仅有的体育老师已经 56 岁，"厚脸皮"校长自学视频教足球，滕教练的万里足球支教路……

回想这些浮现在脑袋里的新闻，孟一飞当即作出决定，赴箬阳小学支教，她拨通了陈晖的电话，又向区教育局递交了报告。没几天，领导同意她的申请，孟一飞收拾好生活用品，开着车，上了山。

到箬阳的第一个晚上，孟一飞就体会到了山区生活的艰苦：打了一阵子的雷，学校宿舍里停电了，自来水也停了，网络则早在暑假里就被雷打坏了。

孟一飞从小在市区长大，在家里是个独生女。在北苑小学上班的时候，她每天上班花在路上只需要 8 分钟时间，第一次来箬阳，孟一飞开了两个小时的车。

上山后，展现在孟一飞眼前的学校远非预想：这是一个只有 1、3、4、5、6 年级的学校，一个年级一个班，总共 5 个教学班。体育课的排课方式也与众不同，一三年级一个班，四五六年级另一个班，足球是必修。这让乒乓球专长的她很是头疼，只能一边看视频自学一边授课教学，也慢慢适应着兼顾一个班里不同的个体差异。

对于球队里个子不高的小队员们，她启动了训练大计：清晨起床后沿着唯一的山路跑上几公里，中午吃完饭是全方位的技能训练，包含颠球、传球和踢球，放学后是比赛时间，兼绕桩训练，如遇雨天，就在室内跳绳和做拉伸练习，同时，每月还有 2 对 2 的淘汰赛。

支教 1 年里，让孟一飞高兴的是，每个孩子都能踢上几脚球了，跑上几圈也不会喘大气了。

和孟一飞一样，5年里，来箬阳小学支教的的体育老师还有很多。比如支教老师张婷、浙江绿城队长马成、恒大足球教练刘剑远、浙师大龚志敏教授等。

1991年出生的王中甲曾是北苑小学的代课教师，孟一飞回校后两年，王中甲便上山成了箬阳希望小学的第一个专职体育老师，清晨、中午和下午三次训练的传统得以保留。他因为年轻看起来稚气未脱，对于支教生活充满了欢乐。

周晓伟是金华市里足球特色小学江滨小学的体育老师，专攻足球，任教多年的他已是金华市的金牌教练，他欣赏山里孩子的刻苦和执着，也不得不承认往返执教的不易。如果学校在山下，自己就可以多来几次。所以，他只能隔三差五地上山指导，多少有点无奈。

没有固定时间，没有固定教学内容，谁来了就教一点，箬阳小学的足球队就像是吃着百家饭、穿着百家衣长大。

"我希望有一双足球鞋。"

"我希望拥有一个足球，这样我可以加强训练。"

"我希望到现场看一场足球赛。"

这些热爱足球的儿童没有想到，这些一直觉得很遥远的希望，在他们的执着追求中，变成了现实。

第三章　走出大山的足球

特殊的足球大礼

曾经，走出大山踢球是孩子们的节日，而今，外界请他们看球参赛。2013 年，绿城足球俱乐部的前任队长马成不仅帮助这些热爱足球的孩子实现他们的足球梦，而且还给箬阳小学带来一份特殊的足球大礼，请男女两支足球校队的球员到杭州看绿城俱乐部的中超比赛，并邀请他们到绿城足球参观交流，感受专业足球训练的方式方法，绿城还承担了他们所有的相关开支。

"好球!"在往常，小队员们的呐喊声，多半是随着电视里爆发出的一阵阵呼喊。小队员们聚精会神地盯着电视，一双眼睛瞪得滚滚圆，那张及富个性嘴巴生动的张开，手里的遥控器被握得紧紧的，仿佛已完全置身于球场之中……

　　当听到绿城邀请他们看中超比赛消息的那一刻，小球员们一个个像刚出笼的小兔子一般，活蹦乱跳幸福得快要爆炸了。小球员们一个个热情地高呼。他们一年到头能走出大山的机会并不多，往常，如果学校组织他们去区里参加一次比赛，在孩子们眼里，就像过春节一样。可惜这样的机会，一年只有一次——婺城区中小学艺术展演。想到可以走进梦想中的绿城俱乐部，而且不需要他们的父母承担费用，这群深山里的孩子个个欢呼雀跃。

　　去绿城的路上，小队员们个个生龙活虎，蹦蹦跳跳，有说有笑，小队员们说，平常，当看到绿城进球的时候，他们都会激动得大喊大叫，当绿城的进攻不够流畅的时候，他们会在电视机前为绿城呐喊助威。孩子们的"绿城情结"，也促成了他们的这次杭州之行，他们终于有机会在黄龙体育中心的看台上为"绿城叔叔"喊一声"加油"。

　　这也是孩子们第一次到球场看中超比赛，看到有那么多球迷在看台上，看到原来只能在电视上看的阿甘和冯刚们出现在了自己的眼前，每个孩子都舍不得眨眼。在杭州的时候，孩子们还和绿城的球队踢了比赛，并且接受了绿城教练的指导。这样的经历，激励着小队员们更好地练球，也让他们开阔了视野。

　　当小队员们看到进球时，他们激动的一个个跳起来，因为足球，山里孩子打开了自己的心扉。看球后，小队员们有一个小小梦想：能和绿城的教练队员合影留念。绿城满足了小队员们的愿望。

足球带给山里孩子机会，并给他们带来希望。2013年，婺城区中小学足球联赛如期举行，长久的艰苦训练，培养了箬阳小学队员们的坚强品质。

为了箬阳校队的第一场决赛，球员沈瑞宏的爸爸特意请假从义乌赶到婺城中学，看到儿子在球场上自信地盘带、传球，和队友默契配合，沈爸爸欣慰不已。以前问他十句话，他也不愿意回答你一句，碰到陌生人就背过身去，他很担心儿子内向害羞的性格。看到儿子在决赛中大声地招呼队友，真让沈爸爸喜出望外。

无论是以成绩论英雄，还是以精神论英雄，箬阳小学都已经成了金华市知名的足球传统学校。从习惯性垫底到足球名校，凝聚了全校师生的共同心血。

陈晖这个足球校长也随之忙碌起来，忙着偷师教练自学战术打法；忙着带校队球员走出大山"见世面"；忙着寓教于球，让孩子们学会团队精神、找回自信和积极性；忙着让孩子们的课余生活不再绕着电视电脑转。在这些看似"不务正业"的忙碌中，箬阳小学找回了积极向上的精气神。

2014年六一前夕，这个日子让陈晖记忆深刻，每当想起，都会深深感动。陈晖看着浙江少儿频道播出的"六一"儿童晚会，看着自己带出的"高山足球娃"在晚会上的精彩表演，他的眼里噙满了激动的泪花，这群孩子终于变得自信，变得阳光了，还入选了浙江省美德少年二十强。他由衷地为孩子们感到高兴。

"足球小将"的第一双新鞋

余创辰是第一个因为足球走出大山的"足球小将"。

2013年暑假,金华五中成了金华市足球定点学校,刚刚小学毕业的余创辰成为箬阳小学唯一一位因为足球特长而被该校录取的学生。为了能让儿子安心学习、踢球,余家父母毅然从箬阳搬到金华市区。

余创辰的家在箬阳乡箬阳村。箬阳村风景秀丽,土坯的农舍错落有致地叠到半山腰,远远望去还有点人间仙境的味道。余家的房子建在村子的北面,背山朝南,暖阳照进房子,多了几分温暖。

余创辰的父母,一辈子生活在山里,考虑儿子的未来,他们过起了打工、陪读的生涯。

2013 年 8 月 24 日早上 6 点，余创辰睁开眼睛，听到汽车声响，他连忙一打滚从床上爬起。今天是搬家的日子，他要从山里搬到城里去读书了。一家人草草吃了早饭就开始搬行李，父母在市区租了一处两居室，每月租金750 元。

"这张小床，我们先帮你拿过去！"余创辰要去城里上学，伯伯们都过来帮忙。

余家收拾了一个晚上，带出去的东西也不多。家里电视机坏了，幸好，房东说把电视机留给他们用。

余创辰还惦记着参加省足球赛发来的球衣、球鞋。妈妈说："太大了，过几年才能穿！"

行李搬好了，锁好门，一家 3 人坐上货车的驾驶室。

"到了城里，要读好书，踢好球！"大伯挥手道别。

车子路过学校，余创辰久久地盯着校门，这里以及这个山村的小巷子里，都有他和小伙伴踢球的身影。

到金华后，离开学还有好多天，每天清晨六点，余创辰就早早起床。匆匆吃完早饭，就坐公交车到四条街开外的何宅菜场，与四点钟就出门的父亲余寿文一起卖玉米。

"两块五，不卖就算了。"一个体形微胖的中年妇女捡起一个玉米，剥去外面的青叶。守在一旁的余创辰赶忙搓开一个塑料袋迎了上去，余寿文动了动嘴唇，最后却什么也没说。讨价还价对于余寿文来说实在有点为难，与周围吆喝讲价的小贩们相比，这对卖玉米的父子在这个菜市场里，显得有点局促。整整一上午，一口袋玉米也没卖完，除去两人来回的车费和市场管理费，才挣了 47 元，只够付出租屋两天的租金。

余家租的房子在 5 楼，顶楼，西晒。和箬阳的老房子比起来，这里很热，很陌生。床头的墙壁上贴着花花绿绿的明星海报。在老家，同样的位置属于各种表彰奖状。房间还算整洁，也不缺乏装饰品，但属于创辰的，只有一块省足球联赛的奖牌。

开学在即，余创辰的心一点儿也不平静。他常常趴在阳台的书桌上，大大的眼睛望着窗外发呆。窗外，新建的世贸中心摩登大楼在一大片拥挤的城中村自建房外霸气外露……

晚饭时，父母低声谈着今后的生计。余创辰也暗自担心，自己在五中读书、踢球会不会学出名堂……

余创辰的父母都是农民，靠种茶叶、高山玉米及给邻居家接种香菇养家，全家一年的收入约两万元。这次为了儿子，他们先把地里收来的玉米卖掉，咬咬牙决定到城里打工谋生。

恒大足校教练王剑远很看中余创辰的身体素质和反应能力，让他到恒大足校学习。恒大，这是多大的吸引力呀。余创辰激动得心怦怦直跳，然而得知每年学费就要 3.5 万元时，一家人沉默了。

搬到市区 10 多天来，余创辰很少出门。因为人生地不熟，吃完晚饭，妈妈决定带着他认一认以后的上学路。从金华市区双溪西路转八一南街，过十字路口是大路；从汪姜街到旅游大厦，转八一南街过十字路口是小路，车流不少，时间都在 20 分钟左右，两人都走了一遍。来到五中门口的时候，天已经黑了下来，隔着铁门往里看，创辰说，这里比箬阳小学大了 3 倍还不止。

回家的路上，妈妈带创辰买了双新鞋，花了 39 元，因为他脚上的凉拖并不符合新学校的校规。而这也是爸爸妈妈给创辰新学期的唯一开学礼物。

晚上，创辰躺在床上，失眠了。

他想起暑假里到温州参加球赛的日子，那是他去过的最远的一个城市，那里有球场和踢球的伙伴，每一天都有球踢。与眼下这只有电视机相伴的暑假相比，那来回近 10 个小时的车程劳顿，对于容易晕车的创辰来说，甚至都是快乐的。

刚到温州，创辰就闹了一个笑话。"箬阳小学在哪里啊？"看到球衣背后印着校名，一路人有些好奇。他回答说"在安地"。对方不明白，他又解释："安地一直往里面走……"这时，校长陈晖站在边上又好气又好笑："谁知道安地在哪里，应该说在金华。"

现在，走出大山的余创辰知道了，安地只是金华南部山区的一个小镇，金华比安地要大很多，热闹很多。

8 月 31 日，是学校报到的日子。早上 7 点，妈妈送余创辰走路上学。穿上新买的鞋子，余创辰又想到了当初光脚踢球的日子，他对这所市区首屈一指的重点中学充满了期待。

坐进陌生的教室里，环顾一周，方子权！他惊喜地发现一张熟悉的面孔——原市江滨小学足球队队员。

新学期开始了，新学校的操场上有大片的绿茵地，不再是泥地，也不是塑胶操场，每周，学校给这批足球特长生安排 4 次集训。课间，余创辰跑到草地上，像在箬阳小学时一样地"撒野"，在这里，他又开始了有球踢的日子……

球队里的"三剑客"

在众多的球员中，陈伟健、余航、沈瑞宏是表现最棒的。每天，下课铃声响过，操场上阳光正好，他便和其他男生围着足球追逐、奔跑。孩子们身上的衣服五花八门，而他们三件绿色球衣特别显眼——绿城队的球衣。这是中超绿城队教练马成送给箬阳小学球队的礼物。校长将它作为奖品，奖励表现好的球员。

小平头，皮肤黝黑，个子小小，笑起来嘴角带着一丝顽皮。这个喜欢阿根廷球员梅西的男孩叫陈伟健，在球队里是主力前锋。

陈伟健从小就是个刺儿头。虽然他的父母在家里从事养殖业，不用像其他孩子的父母那样出去打工，然而，随着浙江省推行"五水共治",陈伟健父母忙着换行当,顾不得儿子。

于是,陈伟健也就有了"猴子下山"的机会,此前低年级时,他就因为调皮转过一次校,再次从安地转到箬阳小学,他还是不安分,是学校出了名的捣蛋鬼。

2014年,"东风日产启辰浙企世界杯"金华站开赛,来自金华各地区的32支队伍,100多名运动员进行了角逐。

比赛采用5人制赛制,每支球队8—10人,每场比赛30分钟。这些队伍中,有些是平常一块玩的球友自由组队参赛,有些则是各自的企业,他们来自各行各业,平均年龄30多岁。

在精彩的比赛中,最引人注目的,要数箬阳小学的"小鲜肉"们,虽然小队员们的年龄和身体对抗能力与其他参赛队员相比十分悬殊,但是陈伟健和他的队员们一点都不胆怯。

当陈伟健一脚大力抽射,将足球送入球门时,满场都是尖叫声。虽然最终箬阳小学以1比2输给了小猫印刷二队,但孩子们脸上都挂着满足的表情,个个笑容灿烂。比赛结束后,他们也没舍得立马回学校,而是神情若定坐在场边,看其他队伍比赛。

2014年的世界杯如火如荼地进行,陈伟健一直关注着梅西和C罗的情况,看他们带球那么牛,就想着自己啥时候能做出这样的动作。虽然因为山里没有电视机,他看不到比赛的直播，但他还是会找机会看集锦录像和相关报道。阿根廷和葡萄牙，都是他喜欢的球队，葡萄牙小组赛没出线，他难过了好几天呢。

不过，小家伙也有自己的野心，那就是想当一次绿城队的球童，自己太小了想上场去打球还早一点，那么作为球童能够踏上黄龙体育中心的球场，最近距离地感受一下气氛也好。

如今，他坚持每天早上 6 点钟训练，上午上课，下午4 点下课后又训练到 7 点，他那来回跑动练球的身影，似一匹骏马驰骋在宽阔的绿茵场上。骏马还在奔驰，骏马还在路上。

六年级的余航，身高 1.5 米，长得敦敦实实，他经常一脚任意球敲开对手的大门，被同学称为"箬阳的小贝"。以前，"小贝"也是一名让老师头疼的孩子。不肯做作业；老师多说他两句，他就哭了。自从参加了足球训练，学习态度都变了。"小贝"有一个梦想，希望能够到好的球队踢球，比如皇马！

他开始每天训练，靠的就是一股劲。大山里气候多变，雨雪冰雹等极端天气频繁，但是，余航每天都坚持着。余航小时候体质并不好，经常会感冒发烧。学校开展足球训练后，余航就经常和同学们踢两脚球，踢着踢着，不但喜欢上了这项运动，也成了足球场上的活跃分子。

在训练中，他发现自己可以不断地超越自己，凭着自己的一股子劲，一遍遍地在训练场上训练，伴着午后的暖阳，收获快乐和充实。

刚开始练球，余航爸爸还担心他身体吃不消，后来发现他踢球后体质渐渐好了起来，这才放心。

几年下来，通过专业学习和训练，余航找准了自己在足球场上的定位。前锋、中场、后卫甚至守门员的位置他都踢过，但感觉自己最擅长的还是中场。自己的身体条件并不出众，但控球能力较好，因此中场这个位置最能发挥自己的长处。

队友沈瑞宏是全校颠球最厉害的人，能够连续颠球100多下。不过，这个喜欢C罗的男生很少说话，总是把下巴埋得很深，用怯弱的小眼神盯着你。刚开始踢球时，听说第二天要到市里打比赛，他会整个晚上睡不着觉，饭也吃不下。

沈瑞宏的父母都是农民，以前，家里主要靠种茶叶、高山玉米及高山蔬菜养家，全家一年的收入约两万多元。儿子上学后，沈爸爸希望给儿子提供一个相对较好的生活环境，就出门打工了。尽管条件并不是很好，但是沈爸爸却尽可能满足儿子的需要，山里路不平，加之踢球需要一双耐穿的鞋，沈爸爸专程为儿子买了一双新鞋，也算是奖励给儿子进步的礼物。

一开始，沈瑞宏踢球只是单纯地喜欢足球，无所谓踢得好还是不好，仅仅就是踢球。他和队员们在学校操场踢球，经常一支球队进10个球，另外一支进8个球，这种比赛就是精彩。

　　慢慢地，在足球游戏中，沈瑞宏开始琢磨掌握一些技巧，也正是这种琢磨，让他的足球梦想开始启航。梦想有一天学成后能够进入国家队踢球，实现自己驰骋赛场的梦想，成为一名像梅西那样优秀的足球运动员。

足球小将参加"红领巾相约中国梦"活动

足球版《放牛班的春天》

法国电影《放牛班的春天》，马修老师用音乐打开了一群麻木少年的封闭心灵，驱散了一座问题校园的消沉。

和电影一样，没有华丽的角色和迭起的高潮，金华足球版"放牛班的春天"也是一个朴素的故事。没有重磅头衔的老师，没有天赋异禀的学生，但在足球那潜移默化的影响下，他们有一种温和的力量，让人悄然蜕变。

2014 年 7 月 2 日，箬阳小学两名足球队员受邀登陆央视《豪门盛宴》，在世界杯如火如荼进行中，以校园足球闻名的箬阳高山足球队，迎来了最令人振奋的足球之旅：他们踏上了前往中央电视台体育频道的王牌节目《豪门盛宴》的旅途，在那里他们和全国亿万观众一起追寻着心中的"足球梦"。

6月30日下午，陈晖接到通知，央视《豪门盛宴》栏目邀请他们学校的足球队员，到北京参加直播活动。央视将提供机票和住宿，因为人数的限制，只有两名球员能前往。经过精心挑选，陈晖和教练下了决定，陈伟健和李国豪两名球员上央视。

"他们两个都是球队主力，在球场上配合默契，性格互补。陈伟健乐观、大胆，李国豪认真沉稳。"

陈晖和教练滕昌盛带着两个孩子乘机飞往北京。在上飞机前，四个人在飞机旋梯下面逗留了很久，一直在拍照留念。

在位置上坐定后，陈晖和滕昌盛还不忘给陈伟健、李国豪拍几张在机舱里面的合影。

"两个孩子都是第一次坐飞机，给他们多拍几张照片。"陈晖说。

坐飞机和去北京，对于刚刚结束小学四年级学习的陈伟健和李国豪来说，都是头一次，一路上两人充满了好奇。

"很兴奋啊，做梦都没想到。"陈伟健激动地说。

"到北京，最想见梅西，他踢得好看。"李国豪也很激动。

在候机的时候，陈伟健和李国豪一人一本世界杯杂志，陈伟健拿的《荣耀巴西》，李国豪拿的则是《决战里约》。别看两人年纪小，认识的球星不少。

相对文静的李国豪告诉我们，自己最喜欢的球星是佐夫。至于原因——"我是踢后卫的，所以喜欢守门员。"李国豪说，为了追佐夫这个早已退役的老球星，他还让爸爸下载了很多以前的比赛录像，就是为了看佐夫的比赛。

到达北京后，他们一行四人受到了央视的高度重视，当晚10点，《豪门盛宴》栏目组一位编导来到他们住的宾馆，了解箬阳小学的情况，并告诉他们第二天上节目时要参与的环节。

"失误了也没关系，反正就当是上去玩玩。"当校长陈晖有点担心两个孩子颠球颠不好的时候，节目组编导鼓励他们。

当他们到达央视直播大楼后，一行人遇到《豪门盛宴》总导演辛少英，她说，让箬阳小学的孩子们来参加节目，不是说看中他们踢得有多专业，而是想让更多的人了解足球，喜欢足球，用放松的心态来欣赏足球。

虽然有点紧张，但是陈伟健和李国豪还是难掩兴奋，回答提问也比较顺畅。"希望有更多的滕教练，希望我们有更多孩子踢球。"这是主持人在节目中的寄语。陈晖说，只要孩子们喜欢踢球，他会踏踏实实地把这支山娃足球队带领下去。

走进央视《豪门盛宴》，让"山里娃"一时名声鹊起，外面人看了只有兴奋，觉得好稀奇好热闹。而对箬阳小学的队员们来说，名声大了，要踢得更好才行。

2015年，由浙江省教育厅、浙江省体育局联合主办的浙江省校园足球联赛·小学组总决赛在嘉兴海宁举行。作为省内校园足球的最高级别赛事，浙江省校园足球联赛每学年举办一次，比赛旨在增强少年儿童体质，发掘和培育足球运动好苗子。

为了取得好成绩，箬阳小学山娃足球队的队员们开始了为期一周的集训。

足球，也慢慢改变这些孩子的生活。不单孩子们的精神状态很好，家长们也比以前更支持了。足球队有什么活动，家长们明显更积极了，有的家长现在舍得放下手头的活，宁可少赚点钱，也要多陪陪孩子，送他们来来往往。有低年级学生的家长想让自己的孩子也能加入球队训练，以便日后出去比赛等，见见世面。还有家长表示，这次省里比赛他们也要跟去，既为孩子加油助威，也增加自己对足球的了解和关注。

这些大山深处的留守儿童，因为足球，得以比其他同学多了不少见世面的机会：到市区培训比赛，到温州杭州参观、比赛，有的甚至走进了央视。这几天，从央视回来后，李国豪、陈伟建两个足球娃成了不少媒体追逐的热门，两个小家伙仿佛成了小明星、小名人。这是最好的榜样的力量，比自己身边的"高大上"更具激励作用。

虽然练球挺辛苦的，放暑假了还要集训，明显比其他同学要多付出更多汗水与苦累。但孩子们还是很开心，正如陈伟建所说，踢球是他们的爱好，集训既能长球技，又有机会和同学一起玩，能和喜欢的体育老师、支教足球教练一起切磋，很不错。

训练场上，十来个小球员在跑步、踢球，挥汗如雨。场下一群家长也颇有气势，有的孩子还有亲友团助阵，他们可能不太懂足球，但却慢慢有了兴趣，也耐得住性子作陪了。好多家长也都因此从未有过地看起了世界杯，电视里那些强队那些明星的表现，应该会让他们想起自己的孩子吧，虽然孩子们的脚法可能还很稚嫩。

义务支教的教练滕昌盛还让家长也参与进来，体验一下足球运动的乐趣：每个队员踢点球，而守门员就是自己的爸爸。这着实有点新鲜，很多家长可从来没上过场，更没机会碰球。李国豪的爸爸就像模像样，守门员的把势一摆，还一连扑出了好几个点球，兴奋得捋起裤腿。大家一看他是来劲了，发出一阵欢呼。

箬阳的这群山里足球娃也都是追风少年，在支教的体育老师孟一飞看来，说不准他们中间什么时候会冒出一个球星。她开玩笑说，自己跟这些孩子的合影，以后可能会很有纪念意义。这群孩子，因为足球打开了人生的另一种可能，可以走出大山经历很多很多，像做客央视这样的好事，虽然很意外，但一定是努力付出与拼搏的结果，是对他们最好的回报。现在大家都有这么一个信念：只要球踢得好，以后机会多多。

在教练滕昌盛看来，孩子天生就喜欢踢球，而现在箬阳小学的足球特色，让这群山里娃有机会亲近足球，甚至因为足球改变人生。他在休息的间隙，对家长们说："能踢足球的孩子是快乐而幸福的，也是无比幸运的。足球是圆的，一切皆有可能。"他开玩笑说，金华很少有这样的学校，放暑假了，还有一群孩子、一群家长，和校长、老师、教练聚在一起，为着一个共同的目标而快乐着、努力着。足球不仅仅是比赛，是成绩，还有因足球而生的各种机会。这是一种因足球而生发的足球缘。

　　2015 年，箬阳红领巾高山足球队自 2012 年成立以来闯入全省校园足球联赛总决赛的第三年。初生牛犊不怕虎，继 2012—2013、2013—2014 两个学年赛季的总决赛中，箬阳的足球娃们先后取得了季军和亚军的好成绩；此次比赛经过数日轮番激战，小伙伴们最终夺冠，摘下锦标赛冠军。"六一"前夕，《中国教育报》头版头条报道了箬阳小学足球育人的典型事迹，央视晚间新闻频道专程从北京赶往箬阳小学，为孩子们圆梦，儿童节当晚，中央电视台 1 套晚间新闻以 6 分 48 秒时长播放山里娃的足球逐梦之旅。2015 年暑假，高山足球队的孩子们获得了全国足球夏令营北京赛区一等奖……

尾声：仍在延续的足球梦

　　5年里，箬阳希望小学的名气越来越大。随着校园足球在金华市的普及，校园足球开始如雨后春笋般遍地开花，从刚开始的零星几所学校，发展到了目前45所小学、24所初中、10所高中和20所幼儿园的庞大队伍。

　　有人说，是受箬阳高山足球精神的鼓舞和激励。这或许有一点。但是，一批又一批箬阳小学的娃娃们读上连城里人都梦寐以求的学校，这不得不说是基层教育史册上的一个奇迹。

　　随着城镇化步伐的加快，大山深处的箬阳乡居住人口锐减。村民们通过各种形式走上了下山脱贫之路，在城区购房，送孩子在当地入学，加上农民工随迁子女就地入学政策的落实，篛阳乡入学适龄人口逐年减少，义务教育阶段生源逐年萎缩。2015 年秋季开学，篛阳小学一至六年级共 58 位学生。

据统计，2016 年秋季，预计一年级入学新生最多仅 4名，开学后全校学生仅 40 人左右。篛阳学生下山踢球、学习，享受更好的教育资源和发展平台，成了广大家长和孩子的共同心愿。

仙源湖实验学校是距离篛阳小学最近的一所学校。作为联谊学校，该校一直以来与篛阳小学开展长期的教学交流活动，学校优质的师资和先进的硬件设备，让山里的娃娃们很是羡慕。

2015 年 12 月 28 日，仙源湖实验学校与篛阳小学开展了远程互动教学，打开了"教育的一扇均衡之窗"。篛阳小学的学生们可在学校的大屏幕上实时收看仙源湖实验学校老师的授课，并通过录播设备与仙源湖实验学校的老师、学生互动。而这样的远程互动与资源共享，已远远不能满足山乡师生的需求。

2016 年 1 月 15 日，篛阳小学全体师生来到仙源湖实验学校参观、游学，当时，就已有少数以前篛阳的孩子在这里就读，通过进一步交谈，篛阳山里娃对下山上学的愿望越来越强烈。这个学期开学后，篛阳小学孩子迈出了下山就读的重要一步：学校足球队 8 名主力队员率先来到仙源湖训练、学习。对于足球队的孩子们来说，仙源湖实验学校正规的操场和足球场，还有更好的学习生活环境，让他们的训练更完善了。

随后，更大规模的迁徙开始了。3月14日一大早，仙源湖实验学校热闹非凡，这一天，箬阳小学足球队第二批队员共44名学生，也来到了仙源湖实验学校，他们被分别插班到同年级的班里，开始在新学校的系统学习与生活。

刚来的时候，孩子们在学习习惯和作息时间上有些不适应。但是，仅仅一周时间，仙源湖的老师们就看到了变化：孩子们以足球队员特有的韧劲很快地融入了集体，以质朴的品质得到了新同伴的认可。课堂上，他们愿意举手发言，是为了更快地赶上班里孩子的学习脚步，足球场上他们灵动活泼，是为了带动仙源孩子和他们一起在足球世界里挥洒童年。

前不久，市区校园足球联赛开赛，仙源湖学校和箬阳小学作为联队参赛，在10支队伍里显得十分特别。

对于箬阳的很多孩子来说，这是他们第一次离开大山。下山训练、学习，也是孩子以及家长们长久以来的心愿。到山下接受更好的教育，是大家最迫切的梦想。

如今，箬阳小学终于迈出了关键性的一步。

箬阳小学的校园足球梦，也一直在延续……

一径书香润成长

——浙江省婺城区雅畈小学"书香校园"活动纪事

引　言

　　2007 年，浙江省启动实施了"书香校园工程"，按全省农村中小学生每年生均 5 元的标准配备图书，所需经费由省财政全额出资。这项惠民工程，使浙江省农村中小学校的广大学生成了直接的受益者。

　　今年，浙江省继实施第一轮、第二轮书香校园工程后，又启动实施第三轮书香校园工程。"十三五"期间，浙江省将按照省财政每学年生均 5 元的标准，投入 7300 余万元为 3000 多所义务教育阶段农村中小学校、进城务工人员子女学校和欠发达地区城镇中小学校的 300 多万名中小学生配备图书 750 余万册；每年投入 50 万元用于数字图书网络阅读平台建设和数字图书资源更新。

　　浙江省婺城区雅畈小学是我省第一轮"书香校园工程"的受益学校，作为一所以"促进人的发展"为教育根本的学校，雅畈小学丁志林、汪咏梅两任校长在探索书香校园建设的道路上，一直推行、实践、坚持"书香校园"建设，十多年来，他们迈出的每一步都是那么铿锵有力，学校不仅有自己的书法特色教育，而且组织老师们一起编辑了阅读教材《红领巾读家乡》。

他们取得了非常显赫的成绩：学校被评为"婺城区书香校园"，学校三个班被评为国家级"书香班级"，三位同学的家庭被授予国家级"书香家庭"。

同时，学校申报的关于读书的课题《"三馆互动"促进书香校园建设的实践研究》获得省级三等奖；2012年10月，在书香校园的基础上，学校进一步拓展，课题《红领巾读家乡——拓展少先队文化活动基地的实践研究》在国家级少先队十二五规划课题评比中获一等奖。

值得一提的是，在书香校园的建设中，蒋风、汤汤、张婴音、周晓波、常立、赵海虹等一大批儿童文学理论家、作家走进校园，和孩子们面对面，分享阅读的故事。让孩子们在阅读体验中成长。

他们的成长离不开丁志林、汪咏梅等老师的培养，笔者所要讲述的，是这里的老师和孩子们的读书故事……

第一章 "书香校园"建设的校长们

"先行者"校长丁志林

金华是国家历史文化名城，古子城古街区和雅畈古街区的古韵，使金华这座古城散发着特有的文化气息。

作为国家历史文化名城的重要组成部分，雅畈古街区以其悠久的历史，曾有过令人艳羡的兴盛与繁华。

"雅畈不算乡，安地不算山。"民间至今流传的这句话就足以见证。

据载，宋绍定四年（1231年），松阳括苍山卯山人叶敬甫远游至婺郡南乡，即今天的雅畈，见此山川秀丽，土地肥沃，遂定居于地势较高的高台门。

在雅畈立足之后，叶氏繁衍子孙，建厅堂，扩街道，发展族群，并根据水、陆两路的走向，建成了雅畈古街。

由于过往商客颇多，叶姓、章姓、程姓等人士纷纷开设店铺，形成上街、下街、后街、长街几条街巷。雅畈渐渐成了商品集散的瓦市，开始人们叫瓦畈，之后文人改称雅畈。

到了明朝中叶，古街区商业十分兴旺，厅堂建筑风格突出，传说大规模的厅堂就有 72 处，如鱼门厅、后龙厅、七家厅等。如今仍有保存较为完好的宅院府第、祠堂、殿厅、古井等明清建筑 19 处，包括国家级文保单位七家厅、县级文保单位将军殿、点将台。

2015 年，浙江省文化厅、浙江省旅游局联合公示第三批浙江省非物质文化遗产旅游景区候选名单，雅畈镇入选"非遗"主题小镇。雅畈镇以此为契机，充分发掘古镇及周边深厚的历史文化资源，结合得天独厚的自然生态优势，努力将雅畈打造成金华的后花园。

就在这千年文化积淀的古镇雅畈，坐落着一所颇有规模的乡村学校：整齐的教学楼，宽敞的塑胶跑道操场，24个教学班，1000 多名学生。乒乓球场、羽毛球场……活动场地一应俱全。这在乡村学校中，雅畈小学是独树一帜的。谁也没有想到，十多年前，这里却是另一番景象：基础设施差，师资力量薄弱，学生素质参差不齐，教育经费不足……

2003 年，丁志林接受组织的安排到雅畈小学担任校长。

刚刚上任，丁志林就思考，雅畈小学的发展，路该往哪儿走？

丁志林想，靠追求教育硬件设施的高档化来提高学校的地位，基础条件不允许，这显然是走不通的。利用现有的资源，营造浓郁的读书氛围，讲求学校人文内涵的提升，似乎可以尝试。

新课程改革的要求也提出：教师和学生不仅要成为有知识的人、会思考的人，最重要的是要成为会学习、会探索的创造型的人。而学会学习的基础就是具有良好的阅读能力，只有学会阅读，才会吸收，有了吸收，才会有创造，才能更好地进行民族文化的传承。

丁志林觉得，学生的根本是学习，学习归根到底就是多读书，只有大量有益的阅读才能吸引教师和学生的注意力，才能促进教师专业长足发展，也才能陶冶学生情操，净化心灵，拓宽视野，提高学生综合素养。

然而，"巧妇难为无米之炊"。当时的雅畈小学图书陈旧，缺少场地，经费不足……这些问题切切实实摆在丁志林面前。

学校图书室在教学楼四楼的一个小房间里，书架上的图书大多有十多年的历史，图书来源也十分复杂，有原雅畈高中撤消后丢弃不要的职业教育书籍，如果蔬种植、农机修理、蚕桑种植等书；也有雅畈各完小乡小撤并后杂拼而成的书。历史最久的书是 20 世纪 50 年代，举国上下向苏联老大哥学习时购置的俄语书。保存最完整最新的书也只是上世纪 90 年代为了迎接双基检查从学生当中收集上来的教学辅导书，如《词语手册》《历史故事精选（文言文版）》等。

不要说天真烂漫，富于想象的儿童，就是教师也很难从这些书中找到乐趣。四楼的功能除了储存图书外，还要充当美术教室，劳技教室，堆放旧桌椅等。

这样的图书室很难吸引师生，门可罗雀不是夸张的描摹，甚至有小鸟在图书室里安了家，地上的鸟粪是曾经快乐的小鸟们留下的足迹和印痕。那里还成了老鼠的家园，它们时不时三五成群地从阴暗的角落往外蹿出，向人们宣示这是它们的地盘。

因此，在读书空间、读书时间、读书资料三大要素都缺乏的状态下，学校中很难看到师生沉醉书香的情景。

书香校园建设可谓举步维艰。正是在这样的情况下，丁志林希望努力打造"书香校园"，营造浓厚的校园阅读氛围，从而让全校师生捧起书本，与好书为伴，与知识为友，阅读文化，阅读思想，阅读精神。

理想很丰满，现实却很骨感，也成了丁志林当时开展"书香校园"建设时最生动的写照。

面对困难，丁志林并没有退却，相反，他咬咬牙，从紧张的办公经费中挤出2万多元用于购置新书，并张罗着举办了第一届校园读书节，开始了书香校园建设的探索。

2007年，全省启动了"浙江省书香校园建设工程"，这对丁志林来说仿佛是久旱逢甘雨，让他的校园书香梦有了实现的基础和支持。

同时，丁志林积极争取社会支持，与新闻媒体联系，想方设法筹集图书。学校还开设跳蚤市场，向学生募集爱心捐款，所得资金全部用于购买绘本，并把所购买的绘本布置在走廊里，供学生开架式阅览。

书香校园并不仅仅是拥有一定数量的图书，还需要拓展活动阵地。为此，雅畈小学积极搭建读书平台，创设读书氛围。让学校的"书香校园"阵地得到拓展，使学校处处充满书香。

学校将各班级自身拟定的标语制作成画框挂在墙上，"书籍点亮人生，书香溢满校园。""营造书香校园，读书伴我成长。"这些读书格言挂在各教室前面，使学生感受到自己读书愿望被尊重，激发了他们的读书热情。另一方面，各班的标语都挂在教室前面，仔细品味，又能成为耐人寻味的一道风景线。

学校征求学生的意见，为全校 24 个班级制作了新颖别致的小书柜，由学生自己动手布置班级图书角，包括书柜的命名、选贴读书格言、装饰绿色植物等。一个个丰富有特色的名称在学生的构思下诞生：快乐书吧、拾贝滩、书香苑、芝麻开门、书香瓣瓣、书虫俱乐部……它们是最贴近学生的地方，是最方便开展主题阅读的地方。班级图书角的图书来源有三大块：学校图书馆借一部分、教师筹一部分、学生带一部分。

"读书小报"的制作是学生对读书知识的积累，也是在读书过程中观察学生读书行为的载体之一。每个月，学校都定期组织开展"读书小报"创作评选活动，让学生在阅读时根据不同的主题进行有意识的收集整理，会收到事半功倍的效果，也能从中培养起良好的学习习惯。

每个教室后面的黑板，是同学抒发读书情怀的又一阵地。在板报上，同学们进行优秀作品片断的摘抄，也将自己优秀习作提供与大家共享；有名人警句，也有自编的校园新闻；有丰富的内容，也有花样繁多的形式。每个班的同学都十分用心，加上长期出黑板报的功底，黑板报成了书香校园建设的一大亮点。

与此同时，丁志林组织了各种有关读书的评比活动，将同学的作品在橱窗里进行展示，以此扩大活动的影响面和深度，让同学们受到更多鼓舞，能更加坚持不懈地进行阅读。

"读书，是一件自由的，自在的，安静的事情。阅读的氛围，应该就像一缕缕暗香，在无声无息中，在不知不觉中，萦绕在孩子的心头，并成为他们生命中不可或缺的东西。而我们所做的，就是帮助孩子们找到一条能闻着那一缕缕幽香的通道。"说起书香校园建设，丁志林没有引经据典，没有高亢嘹亮的口号，而是给我们描绘这样一个似有若无、意蕴深远的梦幻场景。

阅读竞赛活动

新校长汪咏梅的耕耘

2013 年，汪咏梅到雅畈小学担任校长。语文教师出身的她，对"书香校园"的营建有一份特殊的情怀。

她深知，教师对读书的认识程度，决定着"书香校园"建设的质量。结合农村实际，汪咏梅带领学校老师共同着眼于"喜欢读，有书读，有时间读"等几个方面的思考，精心筹备，统筹安排，一系列精心组织的活动得到深入展开……

前苏联著名教育实践家、理论家苏霍姆林斯基曾经说，一所学校可以什么也没有，但只要有图书馆，就可以称之为学校。

因此，丰富学校图书资源是汪咏梅上任后首先做的事情。她多方努力，通过多渠道买书订报、少儿图书馆送书下乡、社会无偿捐赠、学生带书进校园、网上书店方便购书等方式，增加学校图书馆的藏书量，初步满足学生的课外阅读需求。

同时，学校设立图书漂流站，让图书流动起来。学校在教学楼中间办公室大范围空置的过道上为师生设立"图书漂流站"，少先队利用自筹资金，购买各式绘本，供学生随时取用，阅读。学生的课间时间是片段的，绘本短短几十页，图文并茂，正合适课间休息时翻阅。

鸟窝图书馆也是汪咏梅想到的独特方式，以方便放学后，孩子们在路边就可以随手可及。鸟窝图书馆也成了雅畈小学主干道上的一道风景。几条木凳，木凳上几位学生，后面几个鸟窝，鸟窝里的书，都是同学们自己最爱看的，按年级排列，每个班把自己最喜欢的书放在鸟窝里推荐给大家。学生可以自由在鸟窝里取课外书，坐在木凳上阅读。

汪咏梅校长和老师们认为，"我会读书"有两层意思，第一层意思是会选择合适的书来读，第二层意思是会用合理的方法读书。掌握合理的读书方法需要老师结合学科课堂教学进行恰当的指导，而学会选择合适的书来读对学生来说尤其重要。

也是在这个时候，以"书香校园"为主题的教师论坛在学校悄悄形成，老师们站在理性的高度，集体思考阅读的价值。

所有这些，不断地催生着教师对读书的热情，教师们对阅读的思想认识，也达到了前所未有的高度：

引领学生阅读应该是每一个教育工作者义不容辞的责任。为此，教师只有不停地读书，才能拥有源头活水，滋润学生求知若渴的心田；只有不停地读书，才能打下深厚的精神底蕴，引领学生丰富的精神世界。也只有热爱读书的教师，才能培养出热爱读书的学生，才能营造出整个社会热爱读书的良好氛围。

汪咏梅认为，"书香校园"作为一项永久性的工作，只有广大师生的参与，书香校园建设才会有生命力。为了培育教师的读书情结，汪咏梅等学校班子更是身体力行，率先垂范，自觉地投入到读书活动中，大力倡导要读好书，多读书。

因此，共享荣誉，激励师生再成长的思路在汪咏梅的脑海中形成。每个人都需要表扬和肯定，学生尤其如此。恰当的表彰和激励是一种投入少收益大的教育投资，是驱使学生奋发向上、锐意进取的动力源泉。"读书之星"、"书香班级"、"书香家庭"的表彰活动由此形成。

给孩子们推荐书是汪咏梅积极倡导的举措。在她的努力下，一大批优秀的儿童文学理论家、作家不仅向孩子们推荐书，他们还走进雅畈小学，开设讲座，用他们自己的亲身经历引导同学们不停阅读。

同时，同学们也把自己看过的，印象最深刻的，最喜欢的书推荐给身边的伙伴朋友。学校还以班级为单位，把学生推荐的好书放进鸟窝，向其他班级推荐。

最了解学生阅读倾向的是老师，最清楚学生阅读水平的是老师。老师在课余谈心、课堂生发、作文点评之际提到的书是学生最容易接受的，老师自己在少年时代看过的好书也是最能勾起学生好奇心的。汪咏梅又让学校老师充分利用学生的这些心理，向孩子们推荐老师读过的书、老师爱读的书。与此同时，学校图书馆也会有针对性地为每个学段同学整理书单，进行好书推荐。

经过长期的推荐、扬弃过程，学生逐渐地想读书，知道要读什么书，学校还搭建各种平台，让学生将读书的所得所感和他人进行交流分享，让孩子们的读书活动更加丰富多彩。

雅畈小学每学年开展一次校园"书香节"主题活动。在主题活动中，有课本剧表演、知识竞赛、古诗秀、国学展示表演等形式，都取得了较好的效果。每一次主题活动，学生都会积极借阅这一主题的相关书籍，查找资料，做宣传海报，手抄报展览。每次主题活动都能加深学生对读书的热爱，提高读书的积极性。

在汪咏梅的努力下，2014 年，雅畈小学成功承办了金华市文明办组织的金华市第 11 届读书节活动。2015年，雅畈小学承办了金华市少儿图书馆的"家乡历史文化名人进校园"启动仪式。还承办了全国第二届艾青诗歌研究年会。在丰富多彩的读书活动中，学生阅读、展示，不断提高兴趣，不断增长，形成良性循环。

第二章 孩子们的阅读梦

"倡行者"陆锦蕾

"一本书足以影响一个人的一生，一本书可以改变一个人的命运。"在不同的场合，我国著名儿童文学理论家、国际格林奖获得者蒋风经常这样说。

阅读，孩子情感发育的沃土。阅读是一种文化，更是一种生活方式；是一种学习，更是一种世代的传承。它是我们赖以增长见识了解世界的手段——它让我们在潜移默化中，接受了中外文化遗产所给予我们的最宝贵的馈赠。

一个人的精神发展史，实质上就是一个人的阅读史。

深知阅读对孩子成长的重要性，雅畈小学的老师们积极行动，共同为"书香校园"的营建工作努力着。

陆锦蕾是雅畈小学一名从教 20 余年的语文教师，是雅畈小学书香校园的主要倡行者。

作为一名语文老师，陆锦蕾深知课外阅读的重要性。

于是，六年前，从同学们步入校园的那一刻起，她便带领着同学们开始以各种不同的方式接触各类课外书，走出了一条不同寻常的书香之路。

现在，不管教师还是家长，都知道课外阅读的重要性，可是，如何让学生爱上阅读，是很多家长，乃至教师头痛的问题。

她说，兴趣是阅读的先决条件。只要找到方法，带领学生走上阅读的道路，学生要养成阅读习惯就容易了。

原苏联心理学家沙尔达科夫的实验证明：只听不看的记忆能力是 60%，只看不听的记忆能力是 70%，既看又听的记忆能力是 86%。小朋友都爱听故事，可是农村有许多孩子的妈妈不是睡前都讲故事的，他们更多的是和电视做朋友。

一年级的时候，陆锦蕾每天抽 5 分钟，拿出《中华上下五千年》，给学生读一个生动的历史故事。"同学们，今天，咱们要讲的故事叫《神箭手后羿》……"。听了故事后，请三位小朋友回答和故事内容相关的简单问题。故事听完了，下课了，还不怎么认字的孩子们，围在讲台前，不舍地摸着书，讨论着书中的故事。通过一年的听故事时间，同学们对书的兴趣大大加深，有许多同学在一年级下册就买了这本书，自己阅读。

自己给孩子们讲故事的同时，陆锦蕾还引导学生听同学讲书本故事。

阅读和积累是密不可分的。所以，陆锦蕾带领孩子们开始了阅读和慢慢积累的过程。二年级时，全班轮流讲寓言故事。寓言故事，简短易记，学生听了也容易理解。每天让一位同学讲一个寓言故事。一年下来，孩子们就把《伊索寓言》和《中外神话故事》讲完了。

到了三年级，陆锦蕾又引导孩子们讲成语故事。成语故事还是简单，但是听的难度增加了。这就要求一位同学讲故事，第二位同学概括故事大概讲的内容，还要写下成语。久而久之，学生也对寓言故事、神话故事、成语故事如数家珍，积累了宝贵的财富。

每一个孩子都是好胜的，因此，陆锦蕾利用学生的好胜心，开展阅读数量比赛。在陆锦蕾所任教的教室里，有一本《阅读记录本》。每位同学读完一本书，就可以把自己看完的书名和看完的日期写在记录本上，以学期为单位，前三名同学奖励一本课外书。陆锦蕾发现，经过整理和统计，发现有五位同学一学期能看100多本书。大部分同学都能看30到60本书。

班级读书会也是陆锦蕾推广阅读的方式之一，而她倡导的班级读书会，形式是多样的。如在班里搞好书推荐会，让孩子们把自己最喜欢的书带来，把最精彩的片段读给同学听。好书交换会，把自己最喜欢的书和最要好的同学交换看，一边看一边讨论。阅读卡片，把自己的阅读感受用卡片的形式，美轮美奂地表现出来，全班展示。阅读游戏，全班齐读《一百条裙子》，大家一起画一百条裙子。好书电影会，看《查理和巧克力工厂》电影，看《哈利波特》，看完电影，看书。或者先看书，再看电影。

一次读书会，带动一阵读书风潮，风潮刮得猛，刮得广，全班同学迷在书中，不能自拔。有一次，陆锦蕾在班里组织看《查理和巧克力工厂》电影，看完后，全班刮起看罗尔德达尔的书风。在学校组织的汤汤老师讲座上，汤汤问，有多少同学看过《查理和巧克力工厂》这本书？全班同学 41 人全部举手，汤汤老师非常惊讶。

每到中午，吃完饭后，陆锦蕾总会用一句话赢得一阵欢呼声："今天中午咱们一起看书吧。"

讲台上下，只有轻轻的翻书声。

有时候，孩子们会很好奇，老师看什么书呢？

课间，孩子们就会问："陆老师，你看什么书？"

"我今天看的是汤汤的童话故事。"

"汤汤的童话我们也喜欢看。"

……

"陆老师，我爸爸给我买了四大名著。原版的。"

"太棒了。"

"我现在在看《西游记》。"

"能看懂吗？"

"能！"

……

陆锦蕾欣喜地说，如今，阅读教学开展了几年，最明显的变化就是，孩子们真正爱上阅读了，家长也会经常来学校找她探讨阅读的事情。家长给孩子每天在家里的阅读时间把关，老师在阅读书的质量上把关，分工合作。哪一方面出现问题，马上联系，解决问题。她还经常根据学生年龄特点，开书单，家长们则会私下集资，置办一批书，流动到班级里，让班级的孩子自由借阅。

"菜根老师"王跃辉和孩子们的故事

　　幸福，需要寻找，细心的人会发现她的踪迹；

　　幸福，需要等待，耐心的人会和她不期而遇；

　　幸福，可以传递，用心的人能创造出更美的境界。

　　作为一名阅读推广人，王跃辉始终把这句话作为自己的座右铭。在"书香校园"建设过程中，王跃辉无疑是一位出色的实践者。也因为阅读推广，王跃辉被评为婺城区"最美教师"，浙江省公共阅读推广人。

　　从学校启动"书香校园"建设开始，他便把主要精力投向阅读推广。

　　上世纪八十年代，雅畈老街上曾经有过一家书店，店面并不大，二十来个平方的样子，青砖土瓦，融在边上的

阅读推广人王跃辉

老房子里，普通得让人感觉不到它的存在。但走进店里，却给人很不一般的感觉。别的店里总是人来人往，大声喧哗，这里却有些冷清，只有廖廖数人；别的店里商品五花八门，色彩丰富，这里却只有一排排半新不旧的书靠在墙边，中间是几张方桌，供人坐下来看书。每次只要交一角钱，就可以从早看到晚，还能免费提供凉开水。

童年的王跃辉，特别满足于来这里，每逢父母到雅畈买东西时，他便会央求父亲带他一起去，因为书店是王跃辉的神奇世界。

对上世纪八十年代的农村小学生来说，一本课外书是多么珍贵。整个镇都没有卖书的地方，王跃辉清晰地记得，他的十岁生日礼物就是一本安徒生童话，这本书还是父亲骑自行车到金华新华书店买的。

镇上的书店，竟有那么多书，真是让人意外。《三国演义》、《岳飞传》、《三十六计》、《大林和小林》……在书店里，王跃辉接触到了许多他喜欢的书。

读过书后，他会把书中的故事讲给比他小的伙伴听，虽然讲得七颠八倒，但小伙伴们依然乐此不疲。

可惜的是，老街的书店就开了几年，就悄无声息地关门了。老街书店也同路边的小花，绽放自己的美丽之后就枯萎了。

老街书店带给王跃辉一个别样的童年，也影响了王跃辉一生，从此，他下定决心，不管将来做什么，都要把阅读作为人生的一部分。

中专毕业后，王跃辉成为了一名语文老师，分配到婺城区雅畈小学工作。童年时期的阅读经历，让他在看到乡村孩子渴望阅读的眼神时，他选择了走阅读推广的道路，他没想到，他自认为微不足道的做法，竟会得到金华市少儿图书馆的支持。

2006年，班级读书会是小学语文界最热门的话题之一，当时，恰逢学校提出建设书香校园的口号，本就喜欢读书的王跃辉想着在班中实践一下。

可是，巧妇难为无米之炊，一个现实问题摆在王跃辉面前，学校图书室并没有书。

有一次上课，王跃辉把想举行班级读书会的想法但苦于无书的情况和学生说了一下，没想到，立马有学生回应："我们自己建个图书馆吧！"。

是啊，为什么不自己建一个图书馆呢？远在安徽合肥的薛瑞萍老师，班级就有自己的读书角，经常读书给学生听，那感觉神往已久；近在金师附小的郑新启老师班级图书角里就有八百多本课外书。我们也可以拥有自己的图书角的。王跃辉当时想。

说干就干，除了在班级中向学生发动之外，王跃辉还专门写了一篇《关于成立会员制图书馆的说明》，主要意思是要在班里成立一个会员制图书馆，如果能带两本以上适合学生阅读的图书，就可以成为图书馆会员，把喜欢的书带回家阅读，希望能得到家长的支持。

当时，学校里还没有复印机，王跃辉就跑到街上复印了 51 份，放学前发给学生，请他们一定要交给家长看一看。第二天，就有一部分学生把书带到学校。班级中没有图书柜怎么办？教室旁有一间教师休息室，是老教师程老师使用的，但是，他很少使用。王跃辉就找程老师，提出借房的要求。房中正好有个杂物柜，可以暂当书柜。过了两个星期左右，班级中三分之二的同学已经成为了图书馆的会员，拥有了 100 册左右的图书。

图书馆成立后，每到中午，闲置的教师休息室就变得热闹起来，王跃辉班的孩子们有了一个新的活动场地，自豪之情油然而升。班里的秘密很快就被附近班里的孩子发现了，有几个孩子壮着胆子来找王跃辉要求也加入会员。

多一个会员，就多几本图书，因为这样想着，所以只要愿意遵守会员规则，王跃辉就一一满足其他班学生的需求。一个学期下来，王跃辉的班级图书馆就有了近 500 册适合儿童阅读的书籍。

王跃辉也乐此不疲地做着他的阅读推广，看到孩子们阅读时的认真劲，他异常满足，从此，他把阅读推广当成了自己一生的事业。

王跃辉推行的会员制班级图书馆受到了极大欢迎。也是在这个时候，学校为书香校园建设购买了一批新书，这让王跃辉很激动。

他很快就被这些新书吸引了。他找到校长丁志林，申请学校图书馆的工作。校长同意了他的申请。

于是，从 2006 年开始，王跃辉便在新金华论坛注册了"菜老师"的网名，他把会员制图书馆的故事写在里面，引起了不少社会人士的关注。金华市少儿图书馆馆长周国良知道后，积极参与雅畈小学的书香校园建设，也因此，雅畈小学逐步形成了市少儿图书馆，学校图书馆，班级图书角三位互动的模式，极大地促进了书香校园建设。

图书管理员是学校工作中的一个冷门，想要做好这项工作，是很不容易的。图书馆的日常工作有借阅、归还登记、重新上架、卫生保洁，还要策划阅读活动。拿一本书上架过程来说，要经过征订——开包——分类——编码——上架等。这么多工作一个人做就很累，更何况，王跃辉还要上语文课，当班主任。

王跃辉有自己的办法，何不让孩子们参与管理？有了想法后，王跃辉便在班中设立了七个校图书管理员的职位，这七个人既能减轻王跃辉图书管理的压力，又能成为班级管理的助手。

令人意想不到的是，孩子们参与图书馆里后，班级中形成了以"读书为荣，工作为傲"的风气。

后来，图书管理员人数达到39人之多。分别是4名老师志愿者，5名流动图书站管理员，7名学校图书管理员，22名班级管理员。

从"1"到"39"，并不仅仅是数字的改变，它还寓示着合作团队的形成，寓示着学校读书风气的推进，寓示着团结协作精神的萌发。

当图书管理员时，有一件事让王跃辉至今难忘。

2014年，王跃辉班里有个贵州的孩子叫燕子，身材娇小，却异常灵活，是学校运动会200米项目的冠军。她成为了学校图书管理员，每天中午，燕子都会和王跃辉一起为全校学生提供借阅服务。

有一天，燕子忧郁地对王跃辉说："王老师，下学期爸爸要回贵州上班，我可能不能继续在雅畈小学读书了。"

听完这话，王跃辉先是一愣，然后问她："这事确定了吗？"

燕子说："基本确定了。"

王跃辉摸了摸她的黑发，对她说："如果下学期真的要走，那就想一想剩下的时间怎么过得更有意义。更何况，那只是有可能发生的事，万一不回去呢！"

过了几天，燕子拿着一本《草原上的小木屋》，对王跃辉说："王老师，我把自己的这本书也放到图书馆里吧！"

原来，燕子是在用这种方式告别呢。

王跃辉建议她在书的扉页上写上一些话，这本书会更有纪念意义。

燕子就把书拿回去，写了这样一段话："这是我最喜欢的一本书，我把这本书放在图书馆里，和大家一起分享。希望大家多读一些好书，长大成为有用的人。"

多么朴实的话语，多么珍贵的心灵。王跃辉和她一起在这本书上郑重地盖上图书馆收藏专用章，然后互相留了手机和QQ的联系方式，最后祝福她在贵州生活幸福，一切顺利。

当她离开图书馆后，王跃辉又在书的最后一页写了这样一句话："燕子，贵州人，2013年9月至2015年2月任雅畈图书馆管理员。因随父亲回家乡学习，所以赠书留念。"

朱自清先生说："燕子去了，有再来的时候；杨柳枯了，有再青的时候；桃花谢了，有再开的时候。"

学期结束后，新年要来了，燕子飞回贵州学习，新的学期她却再也没回来。班级没有因为缺少一个活泼的她而停课，学校工作也一切如常，但这段珍贵的回忆却永远留在了王跃辉的教学手记中，留在他的心中。

　　他在自己的教学日记中写道："我知道自己是一名普通老师，因为普通，所以就做一些力所能及的事情，和自己的学生和同事们一起分享教育过程中美好的东西。"

第三章 书香弥漫整个校园

小书虫养成记

　　"书香校园"建设轰轰烈烈开展的同时，同学们便成为了小小"搬运工"，同学们把自己的课外书带到学校暂时借给图书角，由班级图书管理员登记后，向全班同学开放，进行借阅。孩子们如燕子衔泥，共筑阅读的城堡。

　　起初因为识字量不多，因此，同学们更多阅读的是绘本。而大部头的小说类，则是由语文老师读给大家听的，像《阿拉丁和神灯》、《绿野仙踪》等童话故事，都让同学们陶醉其中。

　　待到孩子们年级稍长些，除却班里办的图书角，语文老师还借助各种机会为学生创造良好的读书氛围，如让同学阅读报刊、杂志等等，让学生感受到阅读带来的便利，

孩子们聆听阅读讲座

体会到阅读无处不在。

到了五六年级，为了提高课外阅读质量，班级又开展了"每月共读一本书"的阅读活动。由语文老师向全班同学推荐阅读书目，然后所有的同学每个月读同一本书，彼此交流阅读心得。在开展"每月共读一本书"活动之后，原来一盘散沙似的课外阅读活动变得有共同目标，有共同语言，也有了可供老师检查的统一标准。

每天，同学们看 10 页书，然后完成一张阅读记录表，然后，大家相互学习，取长补短，一个学期下来，每班的同学都有很大收获，每位同学平均写了不少于 20000 字的读书心得体会。

当看完一本书之后，同学一起将自己的记录表整理装订，成为一本专门的课外阅读记录本，用以记录自己的阅读心路历程。

无疑，这是一笔巨大的财富，叶灏同学在作文《读书的感受》中这样写道：

读书给我带来了许多快乐。我和《不上补习班的第一名》的李小米一起被妈妈骂，不想上学，写作业……在《妈妈不是我的佣人》里我和阿章一起去去鬼屋，看鬼火，然后和江韵如一起玩打水漂，和江神许愿，阿章忘了带作业，我和阿章一起罚站…….和《选我，选我，花米路》里的李小希一起难过，一起加入足球队，当第一名女球员，被阿强他们欺负……我收获了很多，我知道了要怎样自律，要怎样有好习惯，又要怎样改掉拖拉的坏习惯，我还知道了领导力，当然创造力也少不了……我增长了许多知识，我知道了妈妈给我们干活不是理所当然，帮助别人就是帮助自己。

每个寒暑假，老师都布置同学们和家长一起阅读课外书籍，为亲子共读营造良好环境。亲子共读，引导更多家长参与到孩子的阅读中。朗诵故事、与孩子共读一本书、和孩子一起读书。在亲子读书里，收获的不仅是阅读的快乐，更珍贵的是唤起父母与子女之间曾经远去的那份亲情。

2010 年，雅畈小学还开展了"学国学，争当有德少年"活动。在活动中，学校联合部分家长，组成雅畈小学国学班。国学班成员定期开展活动，交流感受。在交流中，国学班的向心力越来越强，学国学的热情也越来高，效果逐步显现。

任何教育活动都离不开家庭的支持和配合，几年的书香校园建设，家长们的意识越来越浓厚，学校通过调查发现：97%的家庭有儿童图书，藏书量在 20—50 册的家庭占 28%，10%的家庭藏书上量在 100 册以上。这说明，物质水平的提高，现在每个家庭都有一些图书，家长也乐意给孩子买书。

同时，雅畈小学积极开展书香家庭的评选，从而促进家庭书香氛围的建设。学校有意识地引导家长设立家庭书柜，添置家庭图书，和孩子一起读书，让学生在家里也能享受书香，享受学习。

文化名人进校园

从无书可读到读好书，从囫囵吞枣到把书读好，雅畈小学的孩子们循着书香有行的路程，有了自己的收获。

汪咏梅觉得，在开展书香校园建设的过程中，还应创新载体，让孩子们在阅读的同时，爱上写作。汪咏梅想到了文化名人进校园活动，她希望通过文化名人与孩子们面对面交流，让孩子们收获。

2013年，一场轰轰烈烈的金华历史文化名人进校园活动在雅畈小学隆重进行。金华市少儿图书馆向10所学校进行金华历史文化名人重点宣传展示，赠送名人展板22幅，帮助安装上墙，建立名人文化教育长廊。

蒋风爷爷与你面对面活动

在会上，市少儿图书馆馆长周国良还向雅畈小学赠送了一套金华历史文化名人的画像，赠送了近 500 册价值上万元的书。一本本飘着清香的新书，迎来了雅畈小学上千名学生阵阵热烈的掌声。

雅畈小学的孩子们表演了家乡童谣。朗朗的童谣带给大家遥远的童年回忆。张志和的《渔歌子》、施光南的《在希望的田野上》、艾青的《我爱这土地》、施光南小时候的故事，带着同学们走近一个个金华历史文化名人，在名人的熏陶中，同学们了解家乡，热爱家乡。

2014 年，雅畈小学又迎来了多位全国著名儿童文学作家。著名儿童文学作家、中国作家协会会员、浙江省作家协会儿童文学创委会副主任张婴音，浙江师范大学人文学院副教授、儿童文化研究院硕士生导师、文学博士常立，著名青年儿童文学作家、浙江工商大学英语教师、在读博士赵海虹等纷纷走进雅畈小学。向孩子们分享写作的快乐，孩子们被深深地吸引，在互动环节中，许多学生争先恐后地与儿童文学名家进行交流，聆听他们的创作故事。

不仅如此，这两年，著名儿童文学作家作家汤汤、周晓波等也纷纷走进雅畈小学，开展儿童文学讲座，与孩子们分享童话、童诗创作的故事。让孩子们面对面与作家们交流互动，从小埋下热爱阅读、热爱写作的种子。

值得高兴的是，2016 年世界读书日前夕，著名儿童文学理论家、国际格林奖获得者蒋风走进雅畈小学，与该校师生面对面，畅谈阅读的意义，并与小朋友们进行了互动交流。

91 岁高龄的蒋风结合自己的亲身经历与学校师生交流了读书的意义和作用，蒋风说，书对每一个人都有特别重要的意义，尤其是对小朋友来说，童年时期阅读一本好书，可以改变人的一生，也可以在无形中指引人们前进。

蒋风说，阅读是人生最美好的事，他希望孩子们培养良好的阅读兴趣，选择有趣味、有意义、有生命力的书进行阅读，从而养成良好的阅读习惯。他还为小朋友们开了10 本书单：《三国演义》《西游记》《寄小读者》《木偶戏》《伊索寓言》《安徒生童话》《一千零一夜》《爱丽丝漫游奇境记》《童年》《长袜子皮皮》。

　　互动中，孩子们争先恐后地发言，在不断地启发、思考和讨论中，孩子们更深刻地了解了阅读的意义，也对阅读产生了浓厚的兴趣。

耕耘与收获

多年来，雅畈小学的书香校园建设一步一个脚印，在服务学生的过程中，学校也逐渐走向雅致。学校图书室也搬了新家。

为了推动阅读，图书室还进行了"最受欢迎书架评比"活动。金华市少儿图书馆的两个流动图书架，有近1000 册流动图书，每个月轮换，这两个流动图书架在评选中成为了全校最受欢迎的书架。

同时，绘本教学也走进班级。根据英国钱伯斯提出的"阅读循环圈理论"，儿童阅读应该是一个完整的系列活动过程，有能力的成人阅读者在指导阅读中有重要作用。基于这个理论，雅畈小学有许多班级的经典阅读活动已经开始往深度阅读方向发展，不再停留于表层的浅阅读。在浙师大儿童文学系和应用心理系研究生的带动下，雅畈小学加强了绘本教学的研究，绘本以其独有的优势吸引着学生走近阅读。

从 2009 年开始，学校还将课题申报作为提升书香校园建设的重要内容。通过以课题为抓手，从阅读环境、阅读时间、阅读激励三方面开展工作，逐步完善学校的软硬件建设。

2009 年 9 月，学校成功申报了浙江省教育装备与信息技术中心的课题，通过《三馆互动促进书香校园建设实践与研究》，书香校园建设又踏上了新台阶。在为期两年的研究中，学校把书香校园建设进一步系统化，对前几年的书香校园建设做了回顾，明确了书香校园建设必须与学校实际相结合，这样才能走出自己的特色。从此，学校的书香校园建设进入了快车道。

2011 年，在全体教师的共同努力下，雅畈小学自主编制的教材《红领巾读家乡》问世。该书涵括了雅畈古镇的历史、现状、文化、建筑、特色等，内容详实丰富，形式多样活泼。

2011 年，雅畈小学被评为金华市婺城区书香校园。课题《三馆联动促进书香校园建设的研究与实践》获得了省级三等奖。

2012 年 10 月，在书香校园的基础上，雅畈小学进一步拓展，课题《红领巾读家乡——拓展少先队文化活动基地的实践研究》在国家级少先队十二五规划课题评比中获一等奖。

2014年，雅畈小学的课题《百合悄然自芬芳——婺城区雅畈小学书香校园建设历程案例研究》入围浙江省教育技术中心组织的书香校园建设100篇案例。这些荣誉对婺城全区农村小学来说，都是一份殊荣。

随着书香校园建设的不断深入，浓郁的书香校园氛围已逐渐形成。雅畈小学也成为了金华文化古街区最靓丽的风景。

书香校园建设，不仅改变着学校的发展模式，促进学校品位的提升，也改变着教师的教育生活，促进教师的专业成长，更改变着学生的成长方式，促进学生读书习惯的养成，从而惠及千万个学生家庭，推动着整个书香社会的发展进程。

阅读，如一盏智慧明灯，点亮了雅小学子的心灵。

如今，阅读已经成为雅畈小学全体上下的一种幸福体验。校长的亲师阅读，教师的亲生阅读，家长的亲子阅读，共同筑起了一个文化学习的平台。在这里，老师和孩子们孜孜不倦地汲取营养，提升自我，在这里，阅读成了校园生活的重要内容。

阅读改变人生。孩子们在老师的引导下，从踏入小学校门的那一刻起便一直脚踏实地地阅读。这是个好的开始，是孩子们知识城堡最扎实的地基。无论将来孩子们走到哪里，相信他们都不会忘记这六年浸润书香的历程；无论走到哪里，相信他们都会记得这个散发着淡淡书香的班级；无论走到哪里，相信他们必然将与书为侣，怀一袭清香，开启自己的亮丽人生。

他们深信：阅读，虽不能改变人生的长度，但可以改变人生的宽度；虽不能改变人生的起点，但可以改变人生的终点，阅读还可以改变人生的坐标和轨迹，伴随着奏出人生美妙的乐章。

让阅读伴随孩子一生，在书本的海洋里，寻找纯真的梦想。